U0690022

总　序

优秀的外国文学经典作品，是人类共同的文化遗产，对于中华民族的现代化进程、中华民族文化的振兴和发展以及文化强国战略，都具有重要的意义。注重外国文学经典在中国的普及和传播，其目的是探究"外国的文学"怎样成为我国民族文学的有机组成，并且在文化中国形象塑造方面发挥应有的重要作用。

浙江外国文学团队在 2010 年获得国家社会科学基金重大招标项目"外国文学经典生成与传播研究"立项，实现浙江省人文类国家社科基金重大项目的零的突破，充分展现了浙江外国文学团队在国内的研究实力和影响。在项目实施过程中，处理好学术研究与文化普及两者之间的关系，同样显得重要,应该让文化研究者成为合格的文化传播者或文化使者,并充分发挥文化使者的作用。尤其是研究外国文学经典的传播,不仅具有重要的理论意义,而且更具有重要的传播和普及等现实意义。外国文学经典在文化普及方面有着独特的优势,我们不可忽略。译介、推广、普及外国文学经典,同样是我们的使命,因为优秀的文化遗产不仅应该在审美的层次上,而且应该在认知的层面上引导人们树立正确的价值观和人生观,摒弃低俗,积极向上。

正是基于这一目的,我们拟编一套适于经典普及,尤其适合青少年阅读的外国文学经典作品书系,译介外国文学经典佳作,特别是被我国所忽略、尚未在中文世界传播的国外各个民族、各个时代的文学经典。

外国文学经典,是各个民族文化的精华,是灿若群星的作家想象力的体现,阅读经典的过程是想象力得到完美展现的过程。超凡脱俗的构思、出乎意料的情节、优美生动的描述、异彩纷呈的形象,对于想象力的开发和思维的启迪,往往具有独特的效用。

外国文学经典,也是人类智慧的结晶,阅读的过程,是陶冶情操、净化心灵,获得精神享受的过程。经典阅读,不是一般意义上的"悦"读,而是一种认知的过程,是与圣贤对话的过程。因此,经典阅读,不仅获得享受和愉悦,而且需要用心灵去想,去思考。

2　　　外国文学经典,更是人类思想文化的浓缩,阅读的过程,是求知的过程,是接受启蒙、思想形成和发展的过程,是参与作者创造和提升智性的过程。因此,文学经典,是我们整个人生的"教科书",是我们取之不尽的思想的源泉。

所以,文学经典的阅读有着不可取代的特殊的功能,至少包括审美功能、认知功能、教诲功能、净化功能。因此,期待广大读者在获得审美"享"受的同时,汲取可资借鉴的"想"象和智慧,服务于自身的思"想"的形成和文化的需求。这便是我们从世界文学宝库中精心选译经典佳作,以"飨"读者的初衷。

吴 笛

2013 年 11 月于浙江大学

目 录
CONTENTS

伊索寓言

目
录

伊索寓言

伊索寓言

狐狸和葡萄

饥肠辘辘的狐狸看到一串串诱人的葡萄沿着高高的树藤挂落下来，它用力向空中一跃，伸爪去摘葡萄。但这完全是徒劳的，因为它只刚刚触碰到葡萄，所以只好放弃了。离开时，它悻悻然地说："我想，那些葡萄虽然已经熟了，但现在看起来还很酸。"

下金蛋的鹅

　　一对夫妇幸运地拥有一只每天会下金蛋的鹅。尽管他们是那么幸运，但不久，他们开始认为这样致富不够快。他们猜想鹅的体内肯定有金块，于是，他们决定杀了鹅，这样就能立刻得到贵重的金块。但是，当他们把鹅开膛破肚后，发现这只鹅和其他普通的鹅一样。因此，他们既没有像希望的那样一夜暴富，也无法享受到日进斗金了。

　　　　　　　　　　　　　　　　　贪婪会导致失去一切。

猫和老鼠

　　有一幢房子曾经有老鼠出没。一只猫得知此事后，自言自语道："那是我的职责。"于是，它来到房子门口站岗，把老鼠一只只抓来吃了。终于，老鼠再也不能在那里待下去了，它们决定回自己的洞里待着。"那是有点棘手了，"猫自言自语，"唯一能做的就是使个把戏把它们骗出来。"它细细琢磨了一下，然后爬上墙，把后腿挂在一个钩子上，让自己挂下来装死。不久，一只老鼠从隐蔽处出来，看到猫悬挂在那儿。"啊哈！"它大喊道，"女士，我想你太聪明了，即使你把自己变成一只食品袋悬挂在那儿，也休想让我们靠近你半步，以便你来抓住我们。"

　　如果你聪明的话，就不会被敌人伪装的假象所蒙骗。

3

淘气的狗

　　曾经有一只狗常常要咬人，而且动不动就咬人，对来主人家拜访的每一个人来说，它是一个非常讨厌的家伙。因此，主人就系了一只铃铛在它的脖子上，提醒人们注意它的行踪。狗因这个铃铛而洋洋得意，并且经常炫耀地发出叮当声，从中得到了极大的满足。然而，有一只老狗走过来对它说："朋友，低调一点会更好。你没有想过吧，铃铛难道是给予你所做功劳的奖赏？恰恰相反，那是耻辱的标志。"

　　　　　　　　　　声名狼藉常常被误认为大名鼎鼎。

烧炭工和漂洗工

从前有位烧炭工，独自一人生活和工作。后来，一位漂洗工恰好也来到这个地区定居。烧炭工认识他以后，发现他是一个值得交往的人，就问是否愿意搬来一起住，他说："那样的话，我们将更好地相互了解，而且我们的家用开支将会减少。"漂洗工谢过了他的好意，回答说："先生，我不能和你同住，为什么呢，因为我费力漂白的每一件东西也许立即会被你的木炭熏黑。"

老鼠开会

很久以前，老鼠们聚在一起开会，要讨论出一个最好的办法来抵抗猫的袭击。几条建议讨论下来，有一只老鼠站起来说："我突然想到一个计划，可以确保我们今后的安全，如果你们同意的话就可以执行。我们应该在我们的敌人——猫的脖子上系一个铃铛，当它靠近时，铃铛发出的叮当声会提醒我们。"这条建议得到了老鼠们的热烈赞许，并且已经决定采纳。此时，一只上了年纪的老鼠站出来说："我同意，你的这个计划是我们所有计划中最棒的一个，但我想问，谁去给猫系铃铛呢？"

蝙蝠和黄鼠狼

一只蝙蝠跌落在地上，被黄鼠狼逮住了，当它就要被吃掉时，它请求黄鼠狼放过自己。黄鼠狼说它不能这么做，因为从原则上讲，蝙蝠是所有鸟类的天敌。"噢，但是，"蝙蝠说，"我根本不是鸟，我是鼠。""那么你是鼠，"黄鼠狼说，"我就接受你的说法吧。"然后，黄鼠狼就放了蝙蝠。一段时间以后，蝙蝠同样被另一只黄鼠狼逮住了，和之前一样，蝙蝠请求黄鼠狼饶了它的命。"不行，"黄鼠狼说，"我从来不会让鼠类有任何机会走。""但我不是鼠，"蝙蝠说，"我是鸟。""原来你是鸟啊。"黄鼠狼说道，接着也放走了蝙蝠。

认清形势，随机应变。

狗和猪

一只狗和一只猪在争论，各自声称自己的孩子比其他任何动物更出色。争到最后，猪说："至少我的孩子一出生就能看见东西，而你的孩子出生时还没有视力呢。"

狐狸和乌鸦

　　狐狸发现，有一只乌鸦嘴里衔着一片奶酪停在树枝上，它就想方设法要得到那片奶酪。狐狸走到那棵树下，仰起头对乌鸦说："我看见上面有一只多么尊贵的鸟啊！它的美丽谁都比不上，它的羽毛色泽光鲜。要是它的嗓音像它的长相一样甜美就好了，那它毫无疑问就是鸟中之王。"乌鸦听了这些奉承的话非常受用，呱呱大叫要立即表现给狐狸看。奶酪自然从乌鸦嘴里掉了下来，狐狸趁机接住，并说："夫人，你有歌声，但我觉得，你所需要的是智慧。"

马和马夫

　　从前，有一个马夫常常要花很多时间为他饲养的马修剪梳理毛发。但是，他却每天偷一点马的饲料——燕麦来补贴开销，把燕麦卖了作为自己的收益。马的健康状况越来越差。最后，它哭着对马夫说："如果你真正想让我看起来光鲜亮丽，你可以为我梳理得少一点，喂养得多一点。"

狼和小羊

狼偶然遇到一只掉队的小羊，它觉得要夺走如此弱小的动物的性命，没有花言巧语的借口会有些内疚，因此试图找一个不满的理由。狼开口对小羊说："小子，你去年粗暴地骂过我。""先生，这是不可能的，"小羊轻声细语地说，"那时我还没出生呢。"狼驳斥道："你吃了我的牧草。""那也不可能，"小羊回答，"因为我从未尝过牧草的滋味。""那么，你在我的泉里喝过水。"狼继续说。"说实在的，先生，"可怜的小羊说，"除了妈妈的乳汁，我还从未喝过任何东西。""不管怎样，"狼说，"我不能没有晚餐。"于是，它扑向小羊，没费多大力气就狼吞虎咽地把小羊吃了。

孔雀和鹤

孔雀嘲笑鹤的羽毛黯淡无色。"瞧我这一身绚丽的色彩,"孔雀说,"比你那毫无光泽的羽毛看上去漂亮多了。""我不否认,"鹤回答,"你的羽毛是比我的更亮丽,但说到飞行,我能直冲云霄,而你受限于地面,像任何一只粪堆上的公鸡一样。"

猫和鸟

猫听说鸟舍里的鸟生病了。于是，它把自己打扮成医生，并且带了一套医用器具，出现在鸟舍门口，询问鸟的健康状况。"要是我们再也看不到你，我们会过得很好。"鸟儿们回答道，没有让猫进去。

坏人也许能伪装自己，但他永远骗不了智者。

败家子和燕子

　　有一个败家子，挥霍完了他的财产，除了身上的一套大衣外什么也没有了。有一天，春光明媚，他看见一只燕子，以为夏天已经来了，现在不需要大衣了，于是就把大衣卖了个好价钱。然而，天气发生了变化，凛冽的严寒天气来临，不幸的燕子被冻死了。败家子看见燕子的尸体，痛哭道："可怜的鸟儿啊！因为你，我自己也要被冻死了。"

　　　　　　　　　　　　　　　　　　燕不知夏。

老妇人和医生

　　一位老妇人因患有眼疾几乎完全看不见了，她咨询了一位医生后，当着证人的面和医生达成协议，如果能治好她的眼睛，她就付给医生一笔高额酬金；如果治不好，医生什么都得不到。医生按照规定进行一个疗程的治疗，他每次去老妇人那儿都乘机拿走屋子里的一些物品。终于，当他最后一次去老妇人那儿的时候，老妇人的眼睛完全治愈了，但家里什么也没有了。当老妇人看见屋子里空空荡荡时，她拒绝支付医生的酬金。遭到老妇人的一再拒绝后，医生在法官面前起诉老妇人欠了他的报酬。法庭上，老妇人胸有成竹地为自己辩护。她说："原告正确履行了我们约定的事项。如果他治好了我的眼睛，我保证付给他一笔酬金；如果他治不好，酬金就没有了。而今，他说我已经治愈了，但我说我的视力比以前更差了，我能证明我所说的。当我眼睛不好的时候，至少能看见屋子里的家具和其他东西；然而现在，照他说的我已经被治愈了，可我却根本看不见屋子里的任何东西了。"

狐狸看到乌鸦衔着奶酪停在树枝上
《狐狸和乌鸦》插图

月亮和妈妈

　　从前，月亮请求妈妈给它做一件礼服。"我该怎么做呢?"妈妈说，"没有适合你身材的礼服。你一会儿是新月，一会儿是满月，还有既非新月也非满月的时候。"

墨丘利和樵夫

一个樵夫在河边砍树，突然他的斧子飞离了树干，失手落入河里。正当他站在河边为自己的过失悲叹时，墨丘利出现了，问他为何而伤心，得知事情的缘由后，出于对樵夫的同情，墨丘利跳入河里，捞上来一把金灿灿的斧子问他这是不是他丢失的那把斧子，樵夫回答说不是的。于是墨丘利第二次跳入河里，捞上来一把银闪闪的斧子，问那是不是他的。"不，那也不是我的。"樵夫说。墨丘利再次跳入河里，捞上来的正是樵夫丢失的那把斧子，樵夫看到失而复得的斧子欣喜若狂，对墨丘利感激万分。墨丘利非常欣赏樵夫的忠厚老实，就把另外两把斧子作为礼物送给了他。樵夫把这件事告诉了他的伙伴们，其中有一个人

非常妒忌他有这么好的运气，决定也去试试自己的运气。于是，他去河边砍树，并故意把斧子丢进河里。墨丘利像之前一样出现了，得知斧子掉入河里后，他像上次一样跳入河里，捞上来一把金斧子。没等墨丘利问他，这是不是他的，那家伙就大喊："那是我的，是我的！"并伸手急切地想拿到金斧子。然而，墨丘利对他的不诚实深感厌恶，不仅拒绝给他金斧子，而且连他自己丢到河里的那把斧子也没有还给他。

诚实至上。

驴、狐狸和狮子

　　驴和狐狸结伴出去觅食。它们没走多远，就看见一头狮子正向它们走来，它们都非常害怕。然而，狐狸想到了一个可以救自己的办法，它大胆地走到狮子面前，在狮子耳边悄悄地说："假如你答应放过我的话，我有办法使你不费劲就能抓到驴。"狮子同意了这个条件，狐狸回到它的同伴那儿，把驴引向猎人为捕获野兽而挖的一个陷阱，驴掉了进去。狮子见驴被稳稳地抓住，无法逃跑了，它就首先把目标转向狐狸，立刻把狐狸吃了，然后继续优哉游哉地享用驴肉。

出卖朋友，你会毁了自己。

狮子和老鼠

　　狮子在巢穴里睡着了，一只老鼠跳到它的脸上，狮子被吵醒了。狮子很生气，伸出爪子把老鼠抓住，想要吃了它。老鼠害怕极了，可怜地请求狮子饶命。"请放了我吧，"老鼠哭着说，"将来我会知恩图报的。"这么渺小的动物能为自己做什么事？狮子被这个想法逗乐了，大笑起来，于是和和气气地让老鼠走了。然而，老鼠报恩的机会终究来了。有一天，狮子掉入了猎人捕猎的网中，老鼠听到且辨认出了狮子的哀号，就跑到那个地方，没费多大力气就用牙齿咬破了绳索，在很短的时间内成功救出了狮子。老鼠说："我答应过会报答你的，你还嘲笑我呢，然而，现在你明白了吧，即使一只老鼠也能帮助狮子。"

乌鸦喝水

一只口渴的乌鸦发现一只大水罐里盛着水，但是水罐里的水太少了，它尽力去啄还是够不到水，眼看着它就要渴死了。终于，乌鸦突然想到了一个妙招。它衔来一些小圆石放进水罐里，每放一颗小圆石，水罐里的水就升高一点，直到漫到罐口为止，这只聪明的乌鸦终于喝上水了。

创新源于需求。

男孩和青蛙

　　几个调皮的男孩在池塘边玩耍，突然看见水浅的地方有几只青蛙在蹦蹦跳跳。他们拿起石头扔向青蛙，以此来取乐，一连砸死了好几只青蛙。终于，有一只青蛙从水里伸出头来，对他们喊道："噢，住手！住手！我求求你们！你们的游戏会要了我们的命。"

北风和太阳

北风和太阳之间引起了一场争辩，都声称自己比别人更强大。最终，它们决定试试自己对行人的威力，看看谁能最快使行人脱掉外衣。北风首先一试身手，它使尽全力发威，对着地上的人们狂风大作，仿佛凭自己的力量就能卷走人们的衣服。然而，风刮得越猛，人们把自己裹得越紧。轮到太阳试身手了。起初，和煦的阳光照耀着行人，不久，人们解开外衣，边走边把衣服松松垮垮地搭在肩上；接着，阳光四射，人们加快步伐，立刻高兴地脱掉外衣，更加轻松地享受他们的行程。

说服胜于暴力。

女主人和仆人

　　有个勤快节俭的寡妇，工作一直相当努力，她有两个仆人。早晨，她们不能在床上躺太久，老寡妇等公鸡一叫就催促她们起床干活。尤其是在冬天，她们极度讨厌在这样的时刻不得不起床，她们认为，要不是公鸡叫，女主人不会醒得那么早，她们就能多睡一会儿。于是，她们抓住公鸡，扭断了它的脖子。然而，结果并非如她们所愿。因为，女主人没有像往常一样听到公鸡的叫声，反而比以前更早地叫醒她们，在半夜就让她们去干活了。

善和恶

很早以前，善和恶在人们眼中是一样的，以至于，善不能使人们完全幸福，恶也没有使人们完全不幸。但由于人类的愚昧，恶的数量大大增多了，能力增强了，直到它们似乎要夺走分摊到人类事物中的所有的善，把善从世间驱逐出去。为此，善来到天堂，向朱庇特抱怨自己所遭受的待遇，并请求朱庇特允许它们保护人类免受恶的伤害。朱庇特就它们与人类交往的方式提出了建议。他答应了善的请求，并命令它们今后不能一起公然地去人间，因为那样会容易受到敌对方——恶的攻击，而是要一个个悄悄地去，并且只是偶尔出其不意地去那里。从此以后，世间充满了恶，因为它们来去自由，从未走远；然而，善不得不一个一个地从天堂远道而来，以致非常罕见。

野兔和青蛙

有一次，野兔们聚集在一起，为自己不幸的命运而悲伤，因为周围处处都有危险，它们缺乏力量和勇气掌控自己的命运。人类、狗、鸟和野兽都是它们的敌人，每天都有野兔被捕杀，它们再也无法长期忍受这样的残害，一致决定结束自己卑微的生命。于是，野兔们下定决心，不顾一切，急匆匆地朝附近的池塘里跳，想淹死自己。池塘边蹲着许多青蛙，一听到野兔向它们跑来的脚步声，立即都跳到水里，把自己藏在水深处。于是，一只比其他野兔聪明的老野兔就向它的同伴喊道："停下来吧，朋友们，振作起来，总之我们不要自寻短见了。瞧，这儿有些动物害怕我们呢，可见，它们肯定比我们更胆小。"

狐狸和鹳

　　狐狸请鹳吃饭，仅有的食物是一大平盘子的汤。狐狸舔着盘子享受美味。然而鹳用长长的嘴尖试着去喝汤，却是徒劳。鹳明显很苦恼，责怪狡猾的狐狸太捉弄人。然而不久后，轮到鹳邀请狐狸了，摆在狐狸面前的是一只长长的、口子很窄的大水罐，鹳用嘴轻而易举地就能够得着食物。就这样，当鹳享受美味时，狐狸却在一旁饥饿无助地坐着，因为它够不到水罐里诱人的食物。

披着羊皮的狼

　　为了趁羊群不注意的时候捕食它们，狼决定伪装一下自己。于是，狼披上一件羊皮的外衣，趁羊儿们在草地上吃草时，悄悄地混入其中。狼成功地骗过了牧羊人。夜晚，牧羊人把羊群关入羊栏中去休息了。然而，在深夜时分，牧羊人需要羊肉作为晚餐，他伸手抓到狼，错以为是一只羊，当场就用刀把狼杀了。

牛栏里的鹿

一只鹿被猎犬从巢穴里追赶出来，它跑到一个农家宅院里避难，混进了牛栏里的一群牛中间，那里比较安全。鹿把自己塞进牛栏空闲处的一堆干草下面，躲藏在那儿，唯有鹿角露了出来。不一会儿，一头牛对它说："你为什么到这儿来？你没有意识到跑这儿来，会有被牧人俘获的危险吗？"鹿对那头牛答道："请让我暂时待在这儿吧。当夜晚来临时，我将会在夜色的掩护下毫不费力地逃走。"下午，不止一个农场工人到这里来照看牛群的所需，但没有一个人注意到鹿的存在，鹿因此庆幸自己逃过了一劫，并向牛表示感谢。"我们希望你安全，"之前劝告过它的其中一头牛说，"但你还没有脱离危险。如果主人来了，你肯定会被发现，因为从来没有东西能逃过他锋利的眼睛。"没过多久，主人果然来了，他仔细查看了牛栏周围的情况。"牲畜们饿了，"他喊道，"给它们添些干草，在它们下面多放一些。"就在说话的时候，他从鹿躲藏的草堆里抓起一抱干草，立刻就发现了鹿。他喊来工人，吩咐他们当即抓住鹿，并把它杀了吃掉。

挤牛奶的姑娘

一个农家女孩把牛奶挤出来后，头顶着奶桶把牛奶送到乳品店去。她走着走着，看到了一件漂亮衣服，于是她有了一个有趣的想法："把这桶牛奶变成奶油，然后我做成黄油拿到集市上去出售。换成钱后，我要买许多鸡蛋，各种各样的，然后孵出鸡来，不久我将会有一家相当大的饲养场。然后，我就卖掉一些鸡，用这些钱给自己买一件新衣服。当我去集市的时候，穿上这件新衣，所有年轻小伙儿都会为之倾倒，然后来追求我，并爱上我，但是我会摇头对他们一声不吭。"想着想着，她忘乎所以地摇起头来。桶跌落下来，牛奶都流了出去，她美好的想象顷刻消失了！

不要过早打如意算盘。

海豚、鲸鱼和鲱鱼

海豚和鲸鱼发生了争吵，不一会儿，它们打斗起来，交战非常激烈，持续了一段时间之后仍没有任何结束的迹象。这时，一条鲱鱼觉得，或许自己能劝战，于是游了过去，试着劝服海豚和鲸鱼放弃战斗，化敌为友。然而，海豚轻蔑地对它说："我们宁愿决一死战，也不愿让一条像你这样的鲱鱼来做调解！"

狐狸和猴子

狐狸和猴子一同走在路上，相互争论谁的出身更高贵。争论了一会儿，它们来到途中一处墓碑林立的墓地，猴子停下来看着狐狸，发出一声长叹。"你为什么叹气？"狐狸问。猴子指着墓穴回答："你在这儿看见的所有墓碑，都是为了纪念我的祖先而立的，他们当时都是名人。"狐狸愣了一会儿，但很快接着说："噢，先生，尽管胡说八道吧，你非常安全，因为我确信你的先辈没有一个会站起来揭发你的。"

吹嘘者在自以为无人知晓的情况下吹嘘得最夸张。

驴和哈巴狗

从前，有个人养了一头驴和一只哈巴狗。养在槽厩里的驴有很多燕麦和干草吃，觉得自己非常幸运。小狗深得主人宠爱，主人经常抚摸它，让它在脚边躺着。如果主人到外面去吃饭，当小狗跑过去迎接主人回来的时候，主人会把带回来的一点食物给它。驴确实有很多工作要做，磨稻谷或运输庄稼。驴把自己的劳作生活与哈巴狗的舒适闲散相对比，它就嫉妒得要命。终于有一天，驴挣脱了缰绳，蹦蹦跳跳地来到房间里，恰好主人正坐下来吃饭，驴模仿小哈巴狗的可爱样子围着主人欢蹦乱跳，可它那笨拙的蛮劲儿踢翻了桌子、打碎了陶器，它甚至试图蹦到主人的腿上去，就像它经常瞧见哈巴狗做的那样。仆人们见主人有

危险，就用棍棒狠狠地打了这头蠢驴，把它赶回槽厩，驴差点被打得半死。"哎呀！"驴哭喊道，"这都是我自作自受。我为什么不满足于自己天生高贵的身份，而想要去模仿那只差劲的小哈巴狗那荒谬可笑的举动呢？"

伊索寓言

杉树和荆棘

杉树略带轻蔑地对荆棘吹嘘道："可怜的家伙，你毫无用处。瞧我，我可以派作各种各样的用途，尤其当人们造房子时，没有我，他们什么也干不了。"然而，荆棘回答说："啊，这好倒是很好，但你等到他们用斧子和锯子把你砍下来时，那时你会希望自己是一株荆棘，而不是一棵冷杉。"

富有比贫穷受到的关注多，担负的责任也更大。

青蛙对太阳的抱怨

从前，太阳打算给自己娶一位妻子。青蛙们听闻此事，都害怕得对着天空大声嚷嚷，喧闹声吵到了天神朱庇特，朱庇特就问它们为何呱呱大叫。青蛙们回答："当太阳单身的时候，已足够厉害，它散发的炎热光芒烘烤着我们的湿地。如果太阳结婚了，生出其他更多的太阳，那我们的将来会变成什么样？"

狗、公鸡和狐狸

　　狗和公鸡成了非常好的朋友，它们一起去旅游。傍晚，公鸡飞到一棵树的枝条上去栖息，狗则蜷着身子蹲在树洞里。拂晓，公鸡像往常一样醒来打鸣。一只狐狸听到了，以为自己的早餐有着落了，于是就跑来站在树下，请求公鸡下来。狐狸说："我多么希望能认识这位有着如此美妙嗓音的朋友。"公鸡回答："你能叫醒树底下我那位睡着的门童吗？它会开门让你进来的。"于是，狐狸赶紧敲叩树干，狗连忙跑出来把狐狸撕成了碎块。

蚊子和公牛

　　蚊子飞到公牛的一只牛角上，在那儿逗留了相当长的时间。当它休息够了打算飞走时，对公牛说："假如我现在走，你在意吗？"公牛只是抬了抬眼睛，毫无兴趣地看了蚊子一眼，说："这对我来说都一样，你来的时候我没有注意到，你离开时我也不会在意。"

　　　　我们往往把自己看得很重要，别人却不以为然。

熊和旅行者

两个旅行者一同赶路，一头熊突然出现了。此前，熊已注意到他们。一个旅行者在路边的一棵树下，他赶紧爬上树枝藏了起来。另一个旅行者不像他的同伴那么机敏，他似乎逃不过去了，于是就直挺挺地躺在地上，假装已经死了。熊过来嗅了嗅他的四周，而他依然保持不动，屏住呼吸，因为据说熊不会攻击一具死尸。熊以为他死了，就离开了。他的同伴把这一切看得清清楚楚，从树上下来问他，当熊把嘴凑近他耳朵时，对他嘀咕了什么。那人回答："熊告诉我，永远不要再和一个一遇到危险就把你丢下的朋友去旅行。"

患难见真情。

41

奴隶和狮子

奴隶由于在主人家受到了极其残忍的对待，就从主人那儿跑了出来，为了避免被抓到，他向沙漠逃去。奴隶在寻找食物和藏身之处的途中迷路了，他来到一处洞穴，走进去发现里面空空荡荡的。那实际上是狮子的巢穴，狮子几乎马上就发现了这个不幸的逃亡者。狮子没有扑过去吃了他，而是来到他身边向他表示友好，并伸出爪子发出哀号。奴隶注意到狮子的爪子又红又肿，仔细查看后发现一根大荆棘刺入它足底的圆形部位。于是他拔出荆棘，又尽己所能处理了伤口。过了一阵子，狮子的伤口痊愈了。狮子无比感激，把奴隶当作朋友一样看待，一起住在洞穴里。然而，有一天，奴隶要回到人类社会，他告别狮子回到了镇上。到镇上不久，他就被人们认出来了，并被套上锁链带到以前的主人那里，主人决定杀鸡儆猴，下令把他扔到露天公共竞技场的野兽群里。在性命攸关的那天，野兽们被放到竞技场上，其中有一头巨狮面目狰狞。这位不幸的奴隶也被扔入其中。狮子瞥了一眼奴隶后，就手舞足蹈地向奴隶示好，围观的人们惊讶极了！原来这头狮子就是那位他在洞穴里的老朋友！围观的人们大声要求释放奴隶，镇长对人与动物之间存在的恩情与忠诚备感惊奇，于是下令给予奴隶和狮子自由。

伊索寓言

跳蚤和人

　　跳蚤不停地叮咬一个人，直到他再也待不住为止，那人彻底找了个遍，终于成功抓住了跳蚤。他用两个指头捏住跳蚤，极其生气地说——更确切地是大喊道："你是谁，你这只讨厌的小虫子，怎敢在我这里如此放肆？"跳蚤吓坏了，低声呜咽道："噢，先生！请放过我吧，别杀我！我这么弱小的东西不会对你造成大的伤害。"那人听了哈哈大笑，说："现在我就要立刻灭了你，任何坏的东西都应该被消灭，不管多么微小都会产生危害。"

不要对坏人滥施同情。

蜜蜂和朱庇特

　　一只蜂后从伊米托斯山飞到奥林匹斯山，将它从蜂巢里带的一些新鲜蜂蜜作为礼物送给朱庇特。朱庇特收到贡品非常高兴，答应蜂后想要什么就给什么。蜂后说，如果能赐给蜜蜂蜇针，用它来刺死掠夺蜂蜜的人，它会非常感激。朱庇特听到这个要求非常生气，因为他热爱人类，然而他话已出口，就得兑现承诺给蜜蜂蜇针。朱庇特把蜇针给了蜜蜂，但每当蜜蜂用这种针来蜇人的时候，针就会留在伤口里，蜜蜂随之死亡。

　　　　　　　　　　　　　　　　　恶有恶报。

橡树和芦苇

生长在河边的一棵橡树被一阵大风连根拔起，刮到小溪对面，随着水流落到芦苇丛中。橡树对芦苇说："你们这么弱小、这么纤薄，却能对付暴风的来袭，而我使劲全身力气，还被连根拔起落入河中，这是怎么回事?"芦苇回答："你是顽强的，但与暴风雪作斗争，我们比你更强，只因为我们会随风弯腰，因此，大风从我们头顶上刮过，我们却毫发无损。"

盲人与幼兽

从前，有位盲人有着非常灵敏的触觉，任何动物在他手里，他都能凭手感说出那是什么动物。一天，一只狼崽落入他手里，让他辨认。他摸了一会儿，然后说："事实上，我不确定这是一只小狼还是一只小狐狸，但我知道——绝不能放心地把它放入羊圈里。"

坏的倾向从小就能看出来。

男孩和蜗牛

一个农民的孩子去寻找蜗牛，当他双手抓满蜗牛时，就开始生火烤蜗牛来吃。火点着了，蜗牛开始感觉到热，渐渐缩进自己的壳里，一路发出"嘶嘶"的叫声。男孩听见了，说："你们这些没用的东西，当自己屋子着火时，怎么还有心情吹口哨？"

奴隶为狮子拔出刺在足底的荆棘
《奴隶和狮子》插图

猿猴和两个旅行者

有两个人，一个总说实话，另一个只说谎话，他们一起去旅行。走着走着，他们来到了猿猴国。一只自称国王的猿猴得知他们的到来，就下令抓住这两个人带到自己的面前来，它要询问这两人对自己的印象。同时，猴王还下令，所有的猿猴在它左右两边排成一长排，中间给它放一个王位。当旅行者来到它跟前时，它问这两个人作为一国之君的它怎么样。爱说谎的旅行者回答："陛下，人人都应知道，您是最高贵最强大的国王。"猴王继续问："你认为我的臣民怎么样？"旅行者说："他们都是你的将才。"猿猴听了他的回答非常高兴，给了他一份厚礼。另一个旅行者就想，他的同伴说谎，奖赏那么可观，那自己实话实说，定

能收到更丰厚的奖励。于是，当猴王转过来问他："先生，你的观点呢?"他回答："我认为你是一只很出色的猿猴，你的臣民也都是出色的猿猴。"猴王听了他的回答非常恼怒，下令把他带下去处死了。

驴和货物

　　小贩有一头驴，一天，他买了很多盐，并尽可能地往驴身上装。回家路上，驴在横渡一条小溪时绊了一跤，掉入水里。盐全都被浸湿，很多盐被融化，并随着水流冲走了，当驴继续赶路时，发现背上的货物变得轻多了。然而，主人赶着驴回到镇上，买了更多的盐，加在他背篓里剩下的那些盐上面，再往回走。他们一到溪边，驴就躺倒在溪里，然后再站起来，像上次一样，背上驮的货物轻多了。但是，主人发现了驴的这个把戏，再次回到镇上，买了很多海绵，堆放在驴背上。当他们来到溪边时，驴再次躺倒，但这次由于海绵吸进了大量的水，驴起来继续赶路时，发现驮的货物比之前更重了。

　　　　　　　　　　　　好牌常常只能出一次。

51

牧童和狼

　　有一个牧童在村里放羊，他喜欢对村民们开玩笑，搞恶作剧，谎称狼袭击羊群，他大喊："狼来了！狼来了！"当人们匆匆赶来，他却因此嘲笑他们。他这么做不止一次了，每一次村民们都发现他们被戏弄了，因为那儿一只狼也没有。终于，狼真的来了，牧童哭喊道："狼来了！狼来了！"他尽力放大嗓门，然而，人们由于过去听惯了他的谎言，不再理会他的呼救了。就这样，狼自得其乐，悠闲自在地把羊一只只都吃了。

　　说谎的人，即使他说真话的时候，也没人相信他的话。

狐狸和山羊

狐狸掉进一口井里，出不来了。不一会儿，一只口渴的山羊过来了，瞧见井里的狐狸，就问它井水是否甘甜。"甘甜?"狐狸说，"这是我有生以来尝到过的最好的水。你下来亲自尝尝吧。"山羊以为解渴有望，不假思索地立即跳入井里。当它喝够了水，四下看看，想找出去的途径，但什么也没找到。这时，狐狸说："我有一个主意。你踮起后腿，把前腿靠着井壁上放稳，然后我爬到你的背上，从那儿跨到你的角上，我就能出去了。当我出去后，我也会帮你逃出去的。"山羊照狐狸说的做了，狐狸爬到山羊的背上，从井里逃了出来，然后就冷漠地离开了。山羊在狐狸身后大喊，叫它要记得自己的承诺，然而狐狸只是回过头说："如果你脑袋里的智慧像你的胡须一样多，你就不会没看清出路，就跳进井里。"

三思而后行。

渔夫和鲱鱼

渔夫把网撒到海里，当他收网时，网里除了一条小鲱鱼，什么也没有。小鲱鱼请求渔夫把它放回海里。"我现在只是一条小鱼，"鲱鱼说，"但总有一天我会长成一条大鱼，如果那时你再抓到我，将对你更有利。"然而，渔夫回答："噢，不，我现在已经得到你了，如果我放你回去，还能再见到你吗？不可能了！"

自吹自擂的旅行者

有一个人曾经在国外旅行过，他回到家里后，逢人便吹嘘自己在异国他乡的精彩故事。除了别的事之外，他说，他还在罗得岛参加过一次跳远比赛，他那精彩的一跳没人能比。"你们去罗得岛问他们，"他说，"人人都会告诉你这是真的。"然而，听众里有一个人说："如果你真像你所说的跳得那么好，我们不需要去罗得岛求证。此刻，就把这里当作罗得岛，现在就跳吧！"

　　　　　　　　　　　实践为要，不尚空谈。

螃蟹和妈妈

母蟹对小蟹说："儿子，你为什么喜欢横着走？你应当直着走。"小蟹回答："亲爱的妈妈，你教我怎么走，我会学你的样子。"母蟹试着直走，但根本不行。于是，小蟹发现妈妈很笨。

身教胜于言教。

驴和影子

有个人为夏季出游租了一头驴，驴的主人赶着驴跟在那人后面一起出发。天气非常炎热，他们走了没多久就停下来休息。旅行者想躺在驴的影子下，而驴的主人也想遮阳，不愿让旅行者独占阴凉。他说，旅行者只是租了驴，不包括驴的影子。旅行者坚持认为，他的租用协议规定他在此期间可以完全掌控驴。他们吵呀吵，直到打了起来，就在他们互相争吵的那会儿，驴拔腿跑了，很快逃得无影无踪。

农夫和他的孩子们

农夫临终前，想告诉他的孩子们一个秘密，孩子们被叫来围在他跟前，农夫说："孩子们，我很快要死了，我想让你们知道，在葡萄园里藏着宝贝。你们挖掘下去，就会找到的。"不久，农夫过世了，他的孩子们拿着铁锹和耙子把葡萄园里的土壤翻了个遍，他们费力寻找，以为那儿藏有宝藏。可是他们发现什么都没有。然而，在彻底地翻掘之后，葡萄藤结出了丰硕的果实，正如他们从未想到的那样。

狗和厨师

从前，有个富人邀请了他的许多亲朋好友赴宴。他的狗就想，这是一个邀请它的朋友——另一只狗的好机会，它对那只狗说："我的主人正在举办一场宴会，那将是一场豪华的盛宴，今晚你过来和我一起去吃。"于是，狗应邀前来，当它看见厨房里准备的食物时，自言自语道："哎呀，我真幸运，今晚我要吃个饱，够撑个两三天的了。"狗欢快地摇着尾巴，向它的朋友表示受到邀请别提有多高兴了。然而，就在这时，厨师突然发现了它。在厨房里看到一条陌生的狗不禁令人生厌，厨师抓起狗的后腿，把它扔到了窗外。狗摔了个嘴啃泥，它低声哀号着，以最快的速度一瘸一拐地离去。不一会儿，几只其他的狗遇见它，问道：

"你在宴会上吃了些什么?"他回答说:"我度过了一段美妙的时光,葡萄酒那么好喝,我喝多了,我完全不记得自己是怎么从那间房子里出来的!"

接受恩赐是要付出代价的。

伊索寓言

小偷和公鸡

　　几个小偷潜入一栋房子，发现除了一只公鸡以外，没什么值钱的东西，他们抓住公鸡顺手掠走了。当他们准备晚餐时，其中一个小偷抓住公鸡，拧着它的脖子。公鸡可怜兮兮地哭喊道："请不要杀我，你们会发现我是最有用的家禽，因为我在早晨会叫醒诚实的人们起来去工作。"但小偷略微有些激动地说："是啊，我知道你会打鸣，这样更是坏了我们的生计。把你扔到锅里去煮吧！"

农夫和命运女神

一天，农夫在田里耕作，用犁头挖出了一只金罐。他对这一发现欣喜万分，从那以后，他每天都要祭拜一下神社的土地女神。命运女神对此很不高兴，过来对他说："我的子民，礼物是我赐予你的，为什么你把功劳归于土地女神？你从来没有想过要为这么幸运的事感谢我。但你若不幸丢失了到手的财富，那时，你会把全部的责怪指向我命运女神了。"

感谢要谢得其所。

朱庇特和猴子

朱庇特向百兽发表了一份公告，百兽中谁的子女被认为最漂亮，他就会给予奖赏。其中，猴子也来了，抱来一只秃毛、塌鼻、丑陋的小猴。大伙儿见了小猴，全都爆发出阵阵笑声，但猴妈妈紧紧地抱着小猴，说道："朱庇特可以把奖赏给他中意的任何人，但我永远认为，我的孩子是天底下最漂亮的。"

父亲和儿子

　　某人有好几个儿子，儿子们总是互相争吵，他想尽办法也不能使儿子们和睦相处。因此，他决定通过下面的方法让儿子们认识到自己的愚蠢。他叫儿子们取来一捆柴枝，让他们每个人轮着把这捆柴枝搁在膝盖上折断。儿子们试了试都失败了，于是他解开那捆柴枝，给儿子们一人一根，他们全都毫不费力地把柴枝折断了。"你们看，孩子们，"他说，"团结起来，你们就能胜过敌人，但如果你们经常争吵不合，就只能任由敌人摆布了。"

　　　　　　　　　　　　　　　　　　团结就是力量。

油 灯

一盏灯,注满了油,发出明亮稳定的光,于是得意洋洋起来,吹嘘自己发出的光芒比太阳还亮。就在这时,一阵风吹来,把灯吹灭了。有个人擦着了火,又把灯点亮了,说:"你只要保持亮着就好了,永远别想什么太阳。因为,即使是日月星辰也从来不会像你刚才那样,需要重新点燃。"

猫头鹰和鸟

从前，猫头鹰是一只非常聪明的鸟。当森林里第一棵橡树萌发新叶的时候，猫头鹰就叫来所有其他的鸟儿，对它们说："你们看到这棵小树了吗？如果你们接受我的劝告，在这棵树还小的时候，你们就要把它砍掉，因为这棵树长大了，就会有槲寄生出现，那里会滋生出粘鸟胶，因此你们要砍掉它。"还有一次，当第一粒亚麻播种的时候，猫头鹰对鸟儿们说："去把那些种子吃了，因为亚麻种子发芽长大后，有一天人们会用亚麻织成网来逮住你们。"又有一次，当猫头鹰第一眼看见弓箭手时，就警告鸟儿们，弓箭手是鸟类致命的敌人，他们会用鸟的羽毛做成的箭，来射杀鸟类。但是，鸟儿们都没有把猫头鹰的话当回事。它们认为猫头鹰想得太多了，还嘲笑猫头鹰。然而，每件事都证实了猫头鹰的预言，鸟儿们转变了想法，对猫头鹰的聪明才智推崇备至。从那以后，每当猫头鹰出现，鸟儿们就跟随它左右，希望听到一些或许对自己有利的事。可是，猫头鹰不再给它们劝告了，而是闷闷不乐地栖息在树上，思考着自己曾经善意的愚蠢行为。

伊索寓言

披着狮皮的驴

　　驴发现了一张狮子皮，于是就披在了自己身上。所有的人和动物见了它，都吓坏了，大家都把它当成了一头狮子，看见它走过来，纷纷逃之夭夭。驴为自己成功骗过了大家得意洋洋，它高声嘶叫庆祝成功。狐狸听到叫声，立刻认出了驴，并对它说："啊哈，朋友，这不是你吗？如果我没有听到你的声音，我也会害怕。"

母山羊和胡须

朱庇特应母山羊的请求，答应给它们胡须。公山羊对此极为不满，认为这无疑侵犯了自己的权利和尊严。于是，公山羊派出代表，向朱庇特表示抗议。但朱庇特劝它们，不要提任何反对意见。"一簇毛发算得了什么？"朱庇特说，"如果母山羊想要，就让它们有吧。在力量上，它们永远没法和你们相比。"

老狮子

一只年老体弱的狮子，已经无力再为自己觅食了，它决定用狡猾的方式来获取食物。狮子回到洞里，躺在里面，假装病了。每当其他动物来到洞里，问候狮子的健康状况时，狮子就扑到它们身上，狼吞虎咽地把它们吃了。很多动物就这样丢了性命。直到有一天，狐狸到洞穴来探望，它对狮子的真实健康状况有点怀疑，狐狸没有进洞，而是站在洞穴外与狮子对话，问它怎么样了。狮子回答说，自己处于非常糟糕的境地。"但是，"狮子说，"你为什么站在外面？请进来吧。"狐狸回答："如果我没有注意到所有脚印都是向着洞穴的方向，并且没有注意到这里事实上没有其他的出路，我有可能会进来。"

洗澡的小男孩

一个小男孩在河里洗澡，水没过了他的脑袋，眼看他快要被溺死了。有一个人从路边经过，听到了小男孩的呼救，于是来到河边，开始责备他如此不小心，以致掉入深水里，但却没有试图去救他。"噢，先生，"小男孩大声喊道，"请先救我上岸，再骂我也不迟。"

危急关头，重要的是给予帮助，而不是发表意见。

冒充医生的青蛙

从前，一只青蛙从位于湿地的家里出来，向全世界宣布，自己是一个有经验的医生，善于用药，并能医治百病。听众中，有一只狐狸对青蛙大声说："你是医生啊！你甚至无法治愈自己的瘸腿、湿疹和皱巴巴的皮肤，又如何去给别人治病呢？"

吃饱了的狐狸

一只饥饿的狐狸在树洞里发现了一些面包和肉，那是牧羊人放在那里，为回来时准备的干粮。狐狸为自己的发现欣喜若狂，它通过一条狭窄的缝隙溜了进去，狼吞虎咽地把食物吃了个精光。但是，当狐狸试图出来时，发现自己饱餐后肚子胀得鼓鼓的，它从树洞里挤不出去了，于是为自己的不幸遭遇哀号呻吟起来。另一只狐狸经过那儿，听到了它的呻吟，就过来问它怎么回事，了解了事件的原委后，对它说："噢，朋友，我看没有什么办法了，要不你待在那儿，直到恢复过去的身材，那时你会很容易就出来了。"

老鼠、青蛙和鹰

一只老鼠和一只青蛙成了朋友，它们有很多不一样的地方，因为老鼠完全生活在陆地上，而青蛙在地上和水里都能安家。为了使它们永不分离，青蛙在自己和老鼠的腿上系了一根线绳，只要它们都待在干燥的陆地上，就完全在一起了。但是，当它们来到水池边，青蛙跳了进去，把老鼠一起带了下去，青蛙游得畅快，高兴得"呱呱呱"地叫。然而，不幸的老鼠很快被淹死了，尸体随着青蛙漂浮在水面上。一只鹰发现了它们，冲着老鼠直扑过来，用爪子把它拎了起来。青蛙无法松开和老鼠绑在一起的绳结，便跟老鼠一起被鹰掠走吃掉了。

男孩和荨麻

一个男孩从树篱中采拾浆果时，他的手被一株荨麻刺伤了。他被刺得非常疼，就跑回去告诉妈妈。男孩哭着对妈妈说："妈妈，我只是轻轻地碰了它一下。""儿子，正因为这样，你才会被刺伤，"妈妈说，"如果你紧紧地抓住它，它丝毫不会伤到你。"

农夫和苹果树

农夫的果园里有一棵长势良好但不结果实的苹果树，只能为栖息在树枝上唧唧喳喳的麻雀和蚱蜢提供一处遮挡炎热的荫凉。农夫对苹果树不能结果非常失望，决定砍掉它，为此取来了斧头。然而，麻雀和蚱蜢看到农夫要砍苹果树，请求农夫不要这么做，它们对农夫说："如果你砍了这棵树，我们不得不到其他地方去寻找荫凉，你将再也听不到我们为你在果园里劳作时的放声欢歌。"然而，农夫不顾它们的请求，仍然往树枝上砍。几斧头砍下去，树干上露出了一个洞，里面有一群蜜蜂，并贮存着许多蜂蜜。农夫为这一发现欣喜若狂，他扔了斧头，说："这棵老树毕竟还是值得留下来的。"

重利轻义是大多数人的本性。

寒鸦和鸽子

有只寒鸦瞧见农庄里有一些鸽子，当它看到鸽子被喂
养得很好，就非常羡慕，于是决定把自己装扮成鸽群中的
一员，以得到一份鸽子们享用的丰盛食物。于是，寒鸦把
自己从头到脚涂成白色，混进鸽群中，只要它不吭声，鸽
子永远不会怀疑它是冒牌货。然而，有一天，寒鸦愚蠢地
开始喋喋不休，鸽子们立刻看出寒鸦是假扮的，于是毫不
留情地啄赶它。寒鸦得以幸运地逃脱，再次回到自己的寒
鸦群中。然而，其他寒鸦因为它的一身白装，认不出它了，
不让它一起分享食物，鸽子也离它远远的。寒鸦由于自己
的改头换面，变成了一个无家可归的浪子。

朱庇特和乌龟

　　朱庇特准备结婚，并决定庆祝一下，邀请所有的动物前来赴宴。动物们都来了，唯独乌龟没有出席，这令朱庇特大惑不解。第二天，朱庇特见到乌龟时便问它为什么不来参加婚宴。"我不喜欢出门，"乌龟说，"金屋银屋，不如自己家的草屋。"朱庇特听了很生气，命令乌龟从此以后把家驮在自己背上，即使它想出门，也永远不能离开自己的家了。

食槽里的狗

　　一只狗躺在食槽里的干草上，放在那里的干草是为牛准备的口粮，当牛儿们过来想吃草的时候，狗对着它们龇牙咧嘴地汪汪直叫，不让它们吃草。"多么自私的家伙，"其中一头牛对同伴们说，"它自己不能享用，还不让别人享用。"

两只袋子

凡人背着两只袋子，一只在前，一只在后，两只袋子都装满了过错。前面的袋子里有周围人的过错，后面的袋子里则装着他自己的过错。从那以后，人类看不到自己的过错，永远只能看到别人的过错。

公牛和轴承

　　两头牛拉着装着沉重货物的四轮车，沿着公路前行，它们用力拉紧牛轭，车的轴承"嘎吱嘎吱"地响起来，发出痛苦的呻吟。两头牛难以忍受，转过头恼怒地说："喂，你们真是的！为什么我们苦命地干活，你们却发出这么大的声音？"

　　　　　　　　　　　　　受苦最少的人，抱怨最多。

男孩和榛果

　　一个男孩把手伸进装有榛果的瓶子里，尽可能地想抓一大把。但当他试着再把手伸出来的时候，却发现手伸不出来了，因为瓶口太小，他手上抓了一大把东西，没法通过。男孩不愿意丢下榛果，而手又伸不回来，他急得号啕大哭。旁人见此情景，对他说："孩子，不要这么贪心，拿一半就够了，那样，你会毫不费力地把手伸出来。"

　　　　　　　　　　　　　　　　　　　　　　一次不要贪多。

青蛙想要一个国王

当青蛙处于无人统治的年代时，它们极为不满，于是派代表求见天神朱庇特，请求赐给它们一个国王。朱庇特鄙视它们的请求，觉得这是如此愚蠢，就往池塘里扔了一块木头，说那就是它们的国王。青蛙起初被木头溅起的水声吓到了，急忙逃到池塘深处。过了没多久，它们发现木头依然没有动静，马上壮着胆子钻出水面，很快，它们的胆子越来越大，并瞧不起木头，甚至蹲坐在上面。青蛙认为，这样一个国王有辱它们的尊严。它们再次去见朱庇特，请朱庇特把这个愚钝的国王带走，另外赐给它们一个更好的国王。朱庇特对青蛙们的纠缠感到厌烦，于是派了鹤去统治它们，鹤一来到青蛙中间，很快就把它们抓来吃掉了。

橄榄树和无花果树

橄榄树嘲笑无花果树每年的这个季节树叶都掉落。"你啊,"橄榄树说,"每年秋天,你的叶子都掉落了,光秃秃的,一直要到春天。而我,如你所见,依然是四季长青。"过了不久,下大雪了,雪花落在橄榄树的枝叶上,橄榄树枝被沉甸甸的雪压断了,而雪花从无花果树光秃秃的树枝间毫无影响地飘过,无花果树因此而幸存下来。

狮子和野猪

干燥炎热的夏日，狮子和野猪同时来到一处清泉饮水。立刻，它们因谁先饮水而争吵起来，吵着吵着，就打了起来，它们愤怒地互相攻击对方。过了一会儿，双方因为要喘息片刻，停止了打斗。它们瞧见几只秃鹫停在一块石头上，显然在等着它们中伤亡的一方，那时，秃鹫就会直扑下来，以尸体为食。狮子和野猪见此情况立即清醒了，它们和解停战，自语道："我们不如成为朋友，比斗个你死我活，被秃鹫吃了要好得多。"

胡桃树

　　长在路边的一棵胡桃树，年年硕果累累。每一个经过此地的人，为了采拾胡桃，会用棍棒和石块敲打它的树枝，胡桃树深感痛苦。"真冷酷啊，"胡桃树哭喊道，"那些享用我的果实的人，却用侮辱和打击来报答我。"

男人和狮子

　　一个男人和一头狮子结伴同行，聊天中，他们开始向对方吹嘘自己的本事，都声称自己的力量和胆识胜过别人。当他们来到一处放有一个男人扼死一头狮子的雕塑的十字路口时，仍然争论得热火朝天。"瞧那儿！"男人得意地说，"看看那座雕塑！这不向你证明，我们人类比你们更强大？""朋友，别这么快下定论，"狮子说，"那只是你的一己之见。如果我们狮子能制作雕塑，可以肯定，你将看见的是人类处于下风。"

　　　　　　　　　　　　　　　　凡事皆有两面。

乌龟和老鹰

一只乌龟对自己卑微的人生很不满意，非常羡慕在天空中自由飞翔的鸟儿，于是请老鹰教它飞翔。老鹰反对乌龟去尝试这一毫无意义的事，因为假如乌龟有翅膀的话，飞翔自然是其本能。但乌龟再三恳求并重金承诺，坚持认为那只是一个在空中生存的本领。终于，老鹰同意教它了。老鹰用爪子把乌龟拎了起来，带着它在高空中飞翔，接着又把它扔下，不幸的乌龟一头跌落下来，在石头上撞得粉身碎骨。

屋顶上的小孩

一个小孩爬到屋顶上，被盖在屋顶上的草和其他事物
吸引住了，他待在那儿玩耍。一只狼从下面经过，引起了
他的注意。小孩嘲讽狼，因为狼无法靠近他。狼抬头看了
一眼，说："小朋友，我听到你说的了，但你不可以嘲弄
我，除非你一直在屋顶上待着。"

没有尾巴的狐狸

　　一只狐狸掉到一口陷阱里，经过一番奋力挣扎后重获自由，但它的尾巴却丢了。狐狸当时羞愧万分，觉得没脸活下去了，除非它能劝说其他狐狸也断了它们的尾巴，这样就能把注意力从自己身上转移开去。因此，它召集所有的狐狸开会，劝它们割断自己的尾巴。"无论从哪个角度来说，尾巴是很难看的，"他说，"而且还很重，讨厌的是你一直要带着它们。"然而，其中一只狐狸说："朋友，如果不是自己的尾巴丢了，你不会如此渴望我们割断自己的尾巴。"

虚荣的寒鸦

朱庇特宣布，他打算任命一位国王来统治群鸟，让所有的鸟儿都在指定的某一天出现在他面前，他将从中选出最漂亮的一位作为群鸟的统治者。鸟儿们为了届时能展现出自己最好的形象，都到小河边去梳妆打扮，它们忙着梳洗整理自己的羽毛。寒鸦跟鸟儿们一起在小河边休息，它知道自己的羽毛很丑，没机会被选上，所以等到其他鸟儿都离去了，它捡起鸟儿们掉下来的最艳丽的羽毛，粘在自己身上，使它看上去比任何一只鸟儿都要美丽。指定的日子到了，群鸟聚集在朱庇特的宝座前，经过一番检阅后，朱庇特准备立寒鸦为国王，其他鸟儿纷纷攻击这位准国王，啄走寒鸦身上虚假的羽毛，寒鸦就原形毕露了。

旅行者和狗

　　有个人准备出门去旅行，看见他的狗蹲在门边伸懒腰，就对狗说："你打什么呵欠啊？快点，都准备好了，我要你跟我一起去。"然而，狗轻轻地摇摇尾巴，淡定地说："主人，我已经准备好了，正在等您呢。"

遭遇海难的人和大海

　　一个遭遇海难的人被冲到沙滩上，经过一番与海浪的搏击后，他累得睡着了。他醒来后，怒斥大海起初以风平浪静的海面诱惑人们，而后却背信弃义。当他们在海上航行时，大海突然对他们暴怒，使船和海员都掉入大海。大海变成一个妇人的样子，回答他：“噢，海员，不要责怪我，那要怪风。因为我的天性如同陆地一样平静，而狂风落在我的身上，激怒了我，那不是我的本意啊。”

野猪和狐狸

　　森林里，一只野猪靠着树干正在磨牙，一只狐狸过来看见了，对它说："请问你为什么磨牙？猎人今天不在，我看附近也没有其他危险。""确实如此，朋友，"野猪回答，"但是，我的性命随时会处于危险中，我得随时用上我的牙齿，临到用时再磨牙可没时间了。"

墨丘利和雕刻师

墨丘利非常想知道世人对他有多尊敬，于是扮成凡人，来到一家雕刻师的工作室，那儿有许多成品的雕像等着出售。他看到朱庇特的雕像，问要多少钱。"一克朗。"雕刻师说。"就这些吗?"他笑着说，"还有，（他指着一尊朱庇特之妻朱诺的雕像）这尊多少钱?""那个，"雕刻师回答，"半克朗。""你对这尊雕像的要价可能比其他雕像更高吧?"墨丘利指着自己的雕像继续问道。"是那尊吗?"雕刻师说，"噢，如果你买另外两尊雕像，我就把这尊免费送给你。"

小鹿和妈妈

母鹿对已成年的小鹿说："儿子，大自然赋予你强健的身体和一对结实的鹿角，我不能想象，为什么你是这样的一个胆小鬼，猎犬一来，你就要逃跑?"正在此时，母子俩听到远处有一群猎犬正狂追猛赶地冲它们而来。"你就待在这里，"母鹿说，"不用担心我。"说着它飞快地拔腿跑了。

狐狸和狮子

　　狐狸从来没见过狮子。有一天，它遇见了一头狮子。当他看见狮子时，狐狸极度惊慌，害怕得要死。过了一阵子，狐狸又遇见狮子，仍然有些害怕，但已经比第一次遇见时好多了。当狐狸第三次看见狮子时，它非但不害怕，反而走到狮子跟前，像早已认识的朋友那样和狮子聊起天来。

鹰和捕鹰人

　　从前，有人捕到了一只鹰，他剪下鹰的翅膀，把鹰放进了鸡窝里的家禽当中。鹰在那儿暗自神伤，看上去非常孤独沮丧。不久，捕鹰人高兴地把鹰卖给了邻居，邻居把鹰带回家，并让鹰的翅膀又重新长了出来。翅膀一复原，鹰就直冲云霄，抓了一只野兔带回家送给它的恩人。一只狐狸见状，对鹰说："不要把礼物给这个人！你要去把礼物给起先捕捉你的人，使他成为你的朋友。或许，他就不会再来捕捉你，并剪掉你的翅膀了。"

铁匠和小狗

铁匠养了一只小狗，这只小狗常常在主人工作的时候睡觉，但到了吃饭的时间必定精神十足。有一天，主人假装对小狗的行为表示厌恶，当他像往常一样扔给小狗一块骨头时，说："像你这么懒的杂种狗究竟有什么好？我在铁砧上捶打时，你正好蜷起身子睡觉；而当我一旦停下来，吃点东西时，你就立即醒来摇着尾巴要吃的。"

劳动者该得食，不劳者该挨饿。

池塘边的雄鹿

一头口渴的雄鹿来到池塘边喝水。当它弯下腰，凑近水面时，看见了自己在水中的倒影，它对自己美丽挺拔的鹿角非常欣赏，但同时对自己纤细修长的腿感到莫名的嫌弃。正当雄鹿在那儿打量自己的时候，一头狮子发现了它，冲它展开攻击，接着拼命地追赶它。雄鹿很快领先于狮子，只要在没有树的旷野上，它就一直跑在前面。但不久，雄鹿进入了一片树林，鹿角被树枝夹住了，雄鹿落入敌人的爪牙，成了牺牲品。"唉，我真不幸啊！"雄鹿喘着最后一口气悲叹道，"我瞧不起自己的腿，而腿可以救我的命；我以头上的鹿角为荣，而鹿角却要了我的命。"

最有价值的东西往往最不受重视。

100

狗和影子

一只狗叼着一块肉，从小河的木桥上经过，它瞧见了自己在水中的倒影。它以为那是另一只狗，而那只狗叼着的肉比自己的大一倍，于是它扔了自己的那块肉，扑向水中的狗，去抢那块更大的肉。当然，它什么也没有得到，因为这只不过是水中的一个倒影，而原有的那块肉也被水流冲走了。

墨丘利和商人

朱庇特在创造人类的时候，让墨丘利制作一种能诱人说谎的毒药，并给自己正在创造的商人身上都加一点儿这种毒药。墨丘利依次把毒药平均地撒到每一类商人身上——牛油烛商人、蔬菜水果商、杂货商，等等。直至他最后来到马贩跟前，发现还剩许多药，就都撒给了马贩。这就是为什么所有的商人几乎都爱说谎，而马贩说起谎来无人能比。

老鼠和黄鼠狼

老鼠和黄鼠狼交战，老鼠每回都败下阵来，很多老鼠被黄鼠狼吃掉了。于是，老鼠们召开了一次会议，有一只年长的老鼠站出来说："因为没有将领为我们布置战术，指挥我们的行动，难怪我们总是被打败。"在它的建议下，它们选出几只最大的老鼠作为自己的将领。为了与普通成员区别开来，只有将领才能戴着插有稻草做的大羽毛的头盔。而后，将领带领其他老鼠去应战，自信能获胜。但是，它们像往常一样被打败了，老鼠们立刻惊慌失措地飞快跑回自己的洞里。除了将领以外，其他老鼠都毫不费劲地安全回到洞里，将领们则被显示它们身份的大头盔阻碍了行动，无法回到洞里，都轻易地成了黄鼠狼的俘虏。

虚荣会给自己带来不利的后果。

孔雀和朱诺

孔雀因为自己没有像夜莺一样有美妙的嗓音而极为不满，它去朱诺那儿对此进行抱怨。孔雀说："夜莺的歌声为百鸟所羡慕，而每当我一出声，就成了它们的笑柄。"女神朱诺试着安慰孔雀："的确，你没有美妙的嗓音，但你在美貌上远远胜过其他鸟儿，你的脖颈上闪耀着像绿宝石一样的羽毛，你的尾羽华美得令人惊叹。"然而，孔雀还是不满意。它说："像我这种无声的美丽有什么用呢？"朱诺以严肃的语气回答道："命运赋予世间万物各有各的天资，赋予你以美丽，赋予老鹰以强壮，赋予夜莺以嗓音，其他鸟儿也有各自的优势，而你仅仅对自己的某些方面感到不满，就不要再抱怨了。因为，假如你现在的要求得到满足了，你很快会发现新的不满之处。"

熊和狐狸

从前，一只熊吹嘘自己有多么慷慨大度。它说，相比其他动物，自己是多么高尚（这指的是熊从来不碰死尸的习惯）。一只狐狸听到了熊的语气如此高傲，笑着说："朋友，当你饥饿的时候，我只希望你关注死了的动物，而放弃那些活着的生命。"

伪善者只能自欺欺人。

驴和老农夫

一位老农夫坐在草地上，看着他那头正在吃草的驴。突然，老农夫看见一个持枪者正悄悄地靠近。他立刻跳了起来，恳求驴带他尽快逃离。"否则，"他说，"我们都会被敌人逮住。"而驴懒洋洋地朝周围看了看，说："果真这样的话，你认为他们会让我驮运的货物比现在还要重吗？""不会的。"农夫说。"噢，那好吧，"驴说，"如果他们把我带走，我无所谓，因为我不会比现在更糟了。"

牛和青蛙

　　两只小青蛙正在池塘边玩耍，一头牛也到池塘里来喝水。突然，牛踩到了其中的一只小青蛙，把它踩死了。青蛙妈妈没有看到小青蛙，就问青蛙兄弟它在哪里。"它死了，妈妈，"小青蛙说，"今天早上，一个长着四条腿的庞然大物到我们的池塘里来，在泥潭里把它踩死了。""庞然大物，是谁？它有这么大吗？"青蛙妈妈说，它吸气鼓腹拼命把自己吹大。"噢，是的，非常大。"小青蛙回答道。青蛙妈妈把自己吹得更大后说："它有这么大吗？""噢，是的，妈妈，非常非常大。"小青蛙说。然而青蛙妈妈再吹啊吹，把自己吹得几乎像球一样圆了。"有这么大吗？"它刚开口，自己就被胀破了。

人和神像

穷人有一尊木制的神像，他过去天天为财富向神像祈祷。他祈祷了很长一段时间，但仍然像以前一样穷困潦倒。直到有一天，他厌倦了，抓起神像，用尽全身力气朝墙上猛掷过去。巨大的冲击力使神像的顶部裂开了，一些金币滚落到地上。穷人贪婪地捡起金币，说："噢，你一直在骗我！当我崇敬你的时候，你什么好处也没给我，而我一旦粗暴地对待你，你就让我成了一个富人！"

大力士和马车夫

一位马车夫驾着满载货物的马车，沿着泥泞的小路前行，当马车的轮子深深地陷入泥潭时，他的马用尽全力也动弹不得。马车夫站在那儿，似乎无能无力，他不时地大声呼叫大力士赫尔克勒斯前来帮忙。赫尔克勒斯出现在他面前，对他说："先生，用你的肩膀顶住车轮，鞭策你的马，然后你可以叫赫尔克勒斯来帮助你。如果你自己一根手指头都不动，你也别指望赫尔克勒斯或其他任何人来帮你的忙。"

天助自助者。

石榴树、苹果树和荆棘

石榴树和苹果树为谁的果实最好而争吵不休，都声称自己的果实比对方的更胜一筹。正当它们吵得不可开交，将要发生激烈的争辩时，荆棘从附近的篱笆外探出头来，说："够了，朋友们，我们不要再争吵了。"

狮子、熊和狐狸

狮子和熊同时抓住了一只小羊，为争夺小羊打得不可开交。它们恶战了很长时间，最终都筋疲力尽、伤痕累累地倒在地上直喘大气。一只狐狸一直在四周转悠，关注着战斗的进展，当看到狮子和熊倒在那儿累得不能动了，狐狸偷偷地溜过去，抓起小羊，飞快地逃跑了。狮子和熊在一旁无奈地看着，其中一个对另一个说："我们一直在互相残杀，除了狐狸，谁都没有得利。"

黑　人

　　从前，有个人买了一个埃塞俄比亚的黑奴，那个黑奴像所有埃塞俄比亚人一样有着黑色的皮肤，但他的新主人认为，黑人的肤色是由于以前的主人不注意他的卫生造成的，新主人很想把黑人洗得白白净净的。于是，主人用许多肥皂和热水开始给他擦洗，很想把他的黑色擦洗掉，但怎么洗也洗不掉，他的皮肤仍然像以前一样黑，而这个可怜的黑奴却因此得了感冒而一命呜呼了。

维瑞的唐布有绣剑丝卡作
《沙漠沉的雄唯》插图

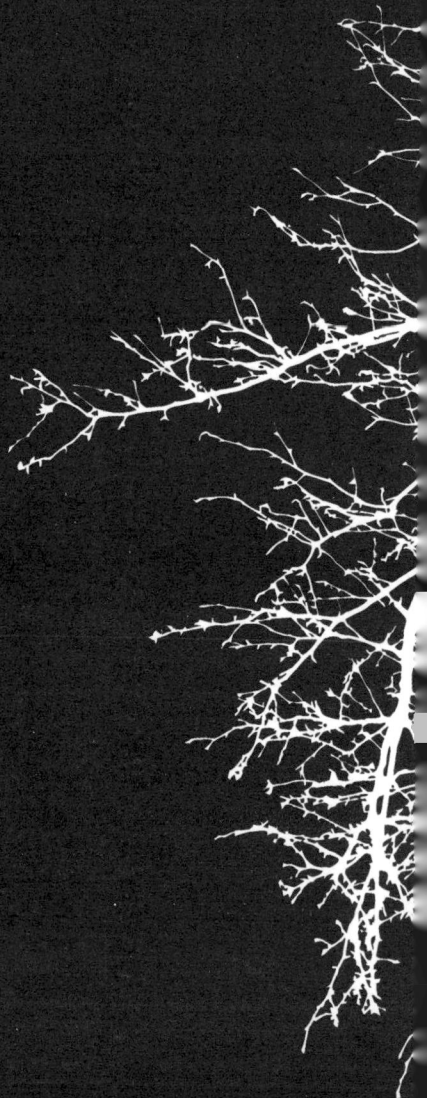

两个士兵和强盗

两个士兵结伴旅行时遇到了强盗。其中一个士兵逃跑了，而另一个士兵留在原地，精神抖擞地拔出他的剑，强盗不得不逃走，他得以安全。那个胆小的士兵跑回来，挥舞着他的武器，提高嗓门大声喊道："强盗在哪里？让我来收拾他，我很快会让他知道，他在和谁较量。"另一个士兵回答："朋友，你来晚了一点，我只希望你刚才那会儿能支持我，即使你只动动口，我也会因此得到鼓励，相信你的话是真的。事已至此，你就歇歇吧，收起你的剑，这已经没用了。你可以骗别人，认为你像狮子一样勇敢。但我知道，一遇到危险，你就像兔子一样逃跑了。"

113

狮子和野驴

　　狮子和野驴一起出去打猎，野驴靠自己的奔跑快速追捕猎物，狮子接着上来将猎物扑杀。它们成功合作，当分享战利品时，狮子把猎物分成了三等份。"我要拿第一份，"狮子说，"因为我是百兽之王；第二份也是我的，因为作为你的搭档，我理应得到剩下的一半；至于第三份——除非你放弃，把它给我，或者快速拿走，相信我，否则你会对自己拿走了第三份感到非常懊悔！"

　　　　　　　　　　　　有时权力可以代替公正。

114

人和森林之神

人和森林之神成了朋友，他们决定要一起生活。他们一度相处得很好，直到隆冬的一天，森林之神看到人对着手在吹气。"你为什么那样做？"森林之神问他。"这样能暖手。"人回答说。又有一天，他们一起坐下来吃饭，每个人面前都有一碗热气腾腾的粥，人端起碗，放到嘴边吹气。"你为什么那样做？"森林之神问他。"这样能让粥凉一点，"人回答说。森林之神从餐桌边站了起来。"再见，"他说，"我走了，我不能和你这样的人成为朋友，同是吹气，你既能吹热，又能吹凉。"

卖神像的人

有个人雕了一尊墨丘利的木像，在市场上兜售。但由于无人问津，他就想通过宣传神像的优点来吸引顾客。于是，他在市场上吆喝起来："卖神像喽！卖神像喽！这尊神像能给你带来好运！"不一会儿，一个看热闹的人停下脚步，对他说："假如这尊神像如你所说，你何不自己留着享用它给你带来的好处？""我会告诉你为什么，"那人说，"它能带来好处，这是真的，但这需要一点时间，而我想马上拿到钱。"

鹰和箭

　　一只鹰停在一块高耸的岩石上，目光锐利地搜寻猎物。猎人躲藏在大山的缝隙间寻找猎物，发现鹰在那儿，就向它射出一箭。箭射中了鹰的胸口，从它身上穿过。鹰倒在地上痛苦得要死，转眼看到了那支箭。"哎！残酷的命运啊！"它悲叹道，"我竟然会因此而死，命运太残酷了，那支射死我的箭，竟然是用我们鹰的羽毛做成的！"

富人和皮匠

有个富人和皮匠比邻而居，富人由于无法忍受皮革厂散发出难闻的气味，让皮匠必须搬走。皮匠拖延着迟迟未走，富人为此事对他劝说了多次，皮匠每次都说安排好就立即离开。这样持续了一段时间，直到最后，富人习惯了那难闻的气味，已经不介意了，也就不再找皮匠的麻烦了。

老妪和酒坛

有位老妪捡到了一只曾经装过好酒的空酒坛，酒坛里仍然还留有一些美酒的醇香。她端起酒坛凑近鼻子，闻了又闻。"啊，"她大声说，"这留在坛子里的酒味都那么好闻，那酒该多么香醇啊。"

母狮和母狐

母狮和母狐在一起谈论自己的孩子，像所有的母亲一样，它们聊起自己的孩子多么健康，长得多好，孩子们有着漂亮的毛发，像极了它们的父母。"一看到我那一窝孩子们，我就开心。"狐狸说，接着它有些不怀好意地补充道，"但我注意到，你一胎只能生一只。""是啊，"狮子冷酷地说，"但我生下的是一只狮子。"

重在质量，而非数量。

蝮蛇和锉刀

一条蝮蛇爬进了木匠的店里，从一件又一件工具边上经过，请求它们给点吃的。而后，蝮蛇来到锉刀面前，请求施舍一餐。锉刀以轻蔑的口气回答："假如你想从我这儿得到任何一点东西，你就太傻了，我向来只取之于人，而从来不给回报。"

贪婪的人吝于施舍。

猫和公鸡

　　一只猫扑到一只公鸡身上，思忖着找一个合理的理由美餐一顿。因为从常理上来说，猫不吃公鸡，猫也明白自己不该这么做。终于，猫说："你的行为太讨人厌了，深更半夜打鸣把人吵醒，因此我来了结你吧。"然而，公鸡为自己辩护，说打鸣是为了让人们及时起来开始一天的工作，要是没有它，人们真不知怎么办才好。"或许是吧，"猫说，"但不管人们需不需要你，我不能没有晚餐。"接着猫咬死了公鸡，把公鸡吞下肚。

*　　　　　　　　　　多好的理由也无法阻止坏蛋作恶。*

龟兔赛跑

　　有一天，野兔嘲笑乌龟的步伐太慢了。"等一下，"乌龟说，"我要和你比赛，我打赌我能赢。""噢，好啊，"野兔答道，它被这个主意逗乐了，"我们来比比看吧。"于是野兔立即同意由狐狸为它们制定比赛路线，并担任裁判。时间一到，乌龟和野兔一起出发，然而野兔很快远远跑在了前面，野兔想自己还可以休息一下，于是躺下很快睡着了。与此同时，乌龟一直慢慢地走着，及时到达了终点。终于，野兔从睡梦中惊醒，以最快的速度冲向终点，但却发现乌龟已经赢得了比赛。

稳扎稳打，无往不胜。

士兵和马

战争期间，士兵给他的马喂食丰盛的燕麦，尽心尽力照料他的马，以使马匹更强壮，能适应艰苦的环境，并载着主人飞快奔跑，脱离危险。但战争结束后，士兵让马做各种各样的苦力，而且不太照料它了，除了给点干草吃以外，什么都没有。当战争再次打响时，士兵给马装上马鞍，套上缰绳，全副武装骑着马去战场。然而，饿得皮包骨头的马已经负载不动他的重量了，于是对士兵说："这次，你只好走着去打仗了。这得拜你沉重的苦力和粗糙的食物所赐，你让我由一匹马变成了一头驴，你也无法立刻再把我变回一匹马了。"

牛和屠夫

很久以前，牛决定向屠夫报仇，因为屠夫这一行干的是宰杀它们的活儿。于是在某一天，牛计划要置屠夫于死地。群牛聚集在一起，讨论怎样有效地执行这个计划，它们磨尖牛角要决一死战。这时，一头老牛蹒跚着走过来说："兄弟们，我知道你们有充分的理由去恨那些屠夫，但他们至少技艺娴熟，宰杀时没有给我们带来不必要的痛苦。如果我们除掉了他们，其他没有经验的人也会屠杀我们，他们笨手笨脚，会让我们遭受更大的痛苦。你们要相信，即使屠夫都死光了，人类也永远不会没有牛肉。"

狼和狮子

　　狼从羊群里逮住了一只小羊，正当它悠闲地叼着小羊打算去饱餐一顿时，遇到一头狮子。狮子抢走了狼的猎物，并甩掉了狼。狼不敢反抗，当狮子走远后，它说："你拿走了我的猎物，又那样远离我，这很不公平。"狮子哈哈大笑，并大声回答："不用怀疑，这对你是公平的！或许，这就是朋友的礼物，不是吗?"

羊、狼和雄鹿

从前，雄鹿要羊借给它一斗小麦，说自己的朋友狼会作为证人。然而，羊担心它们存心欺诈，于是抱歉地说："狼的习性是抓住它想要的东西，不付报酬就逃，而你，跑得比我还快。到了还债的时候，我如何能追赶上你们中的任何一个呢？"

两黑不等于一白。

狮子和三头公牛

三头公牛在草地上吃草，狮子在一旁盯了很久，想把公牛抓来饱餐一顿，但它又觉得，三头公牛只要在一块儿，自己不是它们的对手。因此，狮子假惺惺地、不怀好意地进行暗中挑拨，引起三头公牛之间的互相嫉妒和怀疑。这一诡计相当成功，公牛们变得冷漠疏离起来，最终互不搭理，一个个独自吃草。狮子一看到这一情形，就向公牛们一个个展开进攻，逐个把它们吃了。

朋友间的不和，就是敌人进攻的机会。

马和骑手

　　一个认为自己是一名骑手的年轻人，骑上了一匹还没有被完全驯服、很难驾驭的马。马一感觉到背上的重量，就立即奔跑起来，怎么也不停下来。一位朋友在路上遇见他，见他径直往前，就大声喊道："你这么匆匆忙忙要去哪儿？"骑手指着马，回答说："我不知道，要问它。"

山羊和葡萄树

一只山羊在葡萄园里迷路了，它开始吃一株葡萄树上新发的嫩芽，那株葡萄树上结了好几串晶莹剔透的葡萄。"我对你做了什么吗?"葡萄树说，"你要这样伤害我! 那儿的草不够你吃吗? 尽管如此，你即使把我的每一片叶子都吃光了，只给我留下光秃秃的躯干，但当你被放在祭坛上作为祭品的时候，我生产出的葡萄酒，洒在你身上也绰绰有余。"

两口锅

　　一口瓦锅和一口铜锅在洪水中被冲进了河里。铜锅劝瓦锅向自己这边靠近，这样它才能保护瓦锅。瓦锅谢过铜锅的好意，但恳求它无论如何不要再靠近自己。"如果你靠近我，"瓦锅说，"那正是我最害怕的。只要和你碰一下，我就粉身碎骨了。"

实力相当者才能成为好友。

老猎狗

　　有一只猎狗勤勤恳恳为主人服务了多年，它年轻力壮时很能追捕猎物，由于年岁的缘故，它的体力和速度开始下降了。一天，外出狩猎时，主人惊动了一头大野猪，于是让猎狗去追捕。猎狗咬住了野猪的耳朵，但它的牙齿已经松动，没能坚持咬牢，野猪逃脱了。主人开始严厉地责骂它，然而猎狗打断主人的话，说道："主人，我的意志力仍像以前一样坚强，但我的身体衰老虚弱了。你应当以过去的我为荣，而不是责骂现在的我。"

云雀和农夫

　　一只云雀在稻田里筑巢，在日渐成熟的稻谷下抚育一窝小鸟。有一天，在小鸟们的羽翼还没有完全丰满之前，农夫前来察看庄稼，发现稻谷成熟得很快，他说："我得传话给邻居，让他们到田里来帮我收割。"一只小云雀无意中听到了农夫说的话，它非常害怕，就去问妈妈是否立即搬家比较好。"不用着急，"云雀妈妈说，"一个人指望朋友来帮忙，就意味着这件事可以慢慢来。"过了几天，农夫又来了，看到稻谷熟透了，稻穗都掉落在地上。"我不能再拖延了，"他说，"我今天就得雇几个人，叫他们马上来收割。"云雀听到这话后对孩子们说："过来，宝贝们，我们得走了。他现在不再提要朋友帮忙，而是自己来处理这件事了。"

　　　　　　　　　　　　　　　　求人不如求己。

狮子和驴

　　狮子和驴准备结伴一起去打猎。有一天，它们来到一处有许多野山羊栖身的山洞。狮子埋伏在洞口，等着野山羊出来，与此同时，驴进洞去在羊群中狂叫乱跳，吓唬野山羊出洞。野山羊出来时，狮子就把它们一个一个逮住。当山洞里一头羊也没有了，驴从洞里出来，说："瞧，我把它们吓得够呛，是吧？""我觉得你做得很棒，"狮子说，"因为如果我不知道你是一头驴，我也会转身就跑。"

占卜者

　　有个占卜者坐在集市上，给那些想要知道自己命运的人算命。突然，有人跑过来告诉他，他家闯进了小偷，小偷带着所有得手的东西匆匆逃跑了。占卜者立即站起来，扯着头发，骂骂咧咧地急忙跑回家去。旁观者被逗乐了，其中有一个人说："我们的朋友对别人宣称，自己知道将要发生什么，但看来，他并不能完全准确地觉察自己身上会发生什么事。"

伊索寓言

猎狗和野兔

一只小猎狗惊扰了一只野兔，当它追赶上野兔时，忽而用牙齿撕咬野兔，似乎快要把野兔置于死地，忽而又搂着野兔蹦蹦跳跳，好像在与另一只狗玩耍。终于，野兔说："我希望你表明真实的态度！如果你是我的朋友，为什么要咬我？如果你是我的敌人，为什么和我玩耍？"

扮演双重角色者不能作为朋友。

136

狮子、老鼠和狐狸

　　狮子在洞口酣睡，一只老鼠跳到它的背上逗它玩。狮子被吵醒了，它四下瞅瞅，看是谁吵到了自己。一只狐狸在旁边瞧着，心想这下可以看狮子的笑话了，于是说："这是我第一次见到一头狮子害怕一只老鼠。""怕老鼠？"狮子生气地说，"我不是怕它！只是不能容忍它的放肆无礼。"

被俘的号兵

　　号兵站在队伍的最前面，吹响军号，激起战友们的勇气投入战斗。号兵被敌人俘获了，他请求敌人饶命，他说："不要置我于死地，我没有杀过一个人，我没有武器，除了这只铜号，什么也没带。"但敌人说："这正是我们要杀你的唯一原因，因为你虽然没有参加战斗，但你却激励别人去攻打我们。"

狼和鹤

　　有一次，狼的嗓子被一块骨头刺到了。狼去找鹤帮忙，请求鹤用尖长的嘴伸到它的嗓子里，把骨头拔出来。"我会酬谢你的。"狼补充说。鹤答应了狼的请求，毫不费力地把骨头拔出来了。狼谢过鹤的热心帮助，接着转身离去。鹤大喊道："我的酬劳呢?""你想要什么?"狼龇牙咧嘴地厉声说，"你把脑袋放进狼的嘴里而没有被咬断，能得以脱身，你还想要什么?"

老鹰、猫和野猪

老鹰在树顶上筑了巢，猫带着全家在大树中间的一个洞里安了家，野猪和它的孩子们在树根处落了脚。如果不是因为猫的阴谋诡计，它们原本可以和睦相处。猫爬到鹰巢里对老鹰说："你我处于极其危险的环境中。那个讨厌的家伙——野猪，老是在树底下挖土，像是要把树连根拔起，那样它就可以毫无顾忌地把你我全家都吃掉。"老鹰受到这样的恐吓几乎丢了魂，猫又爬到树底下对野猪说："我必须要提醒你，要防备那只讨厌的鸟——老鹰。当你带孩子们出门时，它就伺机飞下来抓走你的小猪，去喂它的那一窝孩子。"猫像吓唬老鹰一样成功吓倒了野猪。然后，猫回到自己在树干上的洞穴里，假装害怕，白天从不出去。只有在晚上，它才悄悄地溜出去，偷偷地为小猫们觅食。与此同时，老鹰害怕鹰巢受到动摇，野猪一步也不敢离开它在树根处的家，以至于老鹰一家和野猪一家都饿死了，它们都成了猫的粮食，正好喂给小猫们吃。

狼和羊

　　狼被一群狗咬伤，痛苦地躺了很长时间，几乎奄奄一息。不久，狼苏醒过来，感到非常饥饿，把一只路过的羊叫住，说："你能行行好，从附近的小河给我带点水来吗？只要我能有点水喝，我就能设法弄到肉吃。"然而，这只羊不是傻瓜。"我很清楚，"羊说，"假如我给你带水喝，你就会毫不费力地把我当作食物。再见了。"

金枪鱼和海豚

金枪鱼被海豚追赶，在水里快速游过溅起了水花，然而海豚渐渐要追上它了，正当海豚几乎要逮住它的时候，飞速游水产生的力道把金枪鱼带到了沙滩上。海豚对金枪鱼紧追不舍，跟随着金枪鱼离开了水面，它们都倒在沙滩上，奄奄一息。金枪鱼见劲敌和自己一样快要死了，说："我现在不在乎死亡，因为它要置我于死地而落得和我同样的命运。"

三个工匠

一座城市的市民正在讨论，为构筑更加安全的城市而建设的防御工程用什么材料最好。木匠站出来建议用木材，他说木材随手可得，且便于施工。但石匠不赞成在地面上采用木材，因为木材太容易着火了，他推荐以石料来代替。接着，制革匠站出来说："在我看来，没有什么材料比皮革更好。"

每个人看问题都爱从自己的角度出发。

狐狸走在稻田里，尾巴上是点燃的粗麻绳
《农夫和狐狸》插图

老鼠和公牛

老鼠在公牛的鼻子上咬了一口，公牛去追它，但老鼠跑得太快了，一下就溜进了墙洞里。公牛气得一次次地朝墙上撞击，直至累垮了，精疲力竭地倒在地上。当一切平静下来，老鼠飞快地冲出来又咬了公牛一口。公牛气得站了起来，但那会儿老鼠已经又钻到洞里去了，公牛除了勃然大怒外毫无办法。不一会儿，公牛听到从墙洞里传出一个尖细的声音："你们这些大家伙未必总有能耐，你瞧，有时我们这些小不点也会赢。"

强者不一定常胜。

野兔和猎犬

猎犬将野兔从兔窝里赶了出来，追赶了一段距离，但由于野兔逐渐远远地超过了它，猎犬便放弃了追赶。一位村民看见了这一情景，便对猎犬冷嘲热讽。"那个小东西跑得比你快多了。"村民说。"噢，是的，"猎犬说，"别忘了，一个是为了一顿美餐而跑，而另一个完全是为了生命而跑。"

城里老鼠和乡下老鼠

　　城里老鼠和乡下老鼠是好朋友。有一天，乡下老鼠邀
请城里老鼠来它位于田埂上的家里做客。城里老鼠欣然前
往，它们坐在一起吃饭，啃着大麦粒和树根，那树根明显
带有一股泥土味。这样的食物非常不合城里老鼠的口味，
没过多久，城里老鼠忍不住说："我亲爱的穷朋友，你生活
得比蚂蚁还不如，你应该瞧瞧我的生活是怎样的！我的贮
藏室可丰富了。你一定得来和我住几天，我向你保证，你
将过上奢华的生活。"城里老鼠带着乡下老鼠一起回到城
里，向乡下老鼠展示贮藏室里有面粉、燕麦片、无花果、
蜂蜜和红枣。乡下老鼠从来没见过这些东西，便坐下来享
用朋友提供的这些美味佳肴。但没等它高兴多久，贮藏室

的门被打开了，有人走了进来。两只老鼠吓得惊慌逃窜，躲进一个狭小且极不舒服的洞里。不久，当一切恢复了平静，它们才敢再出来，但又有人进来了，它们又得东躲西藏。由于不断有人进来，它们只好经常躲躲藏藏。"再见吧，"乡下老鼠说，"我得走了。你生活在优越的环境中，这我看到了。但你也处在危险中，而我在自己家里能安安心心地享用只有树根和谷粒的粗茶淡饭。"

伊索寓言

狮子和公牛

　　狮子看见牛群中有一头肥美的公牛在吃草，就想方设法要使公牛落入自己的口中。于是，狮子带话给公牛，说要杀一头羊来吃，问公牛是否愿意和自己一起享用。公牛接受了邀请，然而，公牛来到狮子的洞穴，只看见一长排炖锅和炙叉，却丝毫不见羊的影子，它因此转身静静地离去了。狮子在公牛身后叫住它，以伤心的口吻问它为什么离去，公牛回过头来说："我有足够的理由。当我看到你已准备好一切，我就立刻明白了，这次的受害者是公牛，而不是羊。"

　　　　　　　　　　在鸟儿面前撒网是徒劳的。

狼、狐狸和猩猩

　　狼指控狐狸偷了东西，狐狸不承认。这个案子被带到了猩猩面前，由它来裁决。猩猩听了双方的证词后，作出以下判断："我认为，狼，你根本没有像你说的丢了东西。但尽管如此，狐狸，我相信你即使真偷了东西，也会全盘否认。"

　　　　　　　　　　没有诚信的人即使无过错行为也得不到信任。

老鹰和公鸡

　　一家农场里有两只公鸡，它们为谁将成为农场的霸主而争斗。战斗结束了，被打败的一方灰溜溜地躲在黑暗的角落里，而获胜的一方飞到屋顶上，神气活现地放声高歌。然而，空中的一只老鹰从高处看到了这只获胜的公鸡，猛地俯冲下来把它掠走。另一只公鸡立刻从角落里出来，没有了竞争对手，它自然可以掌控农场了。

　　　　　　　　　　　　　　　骄兵必败。

逃跑的寒鸦

　　有个人逮到了一只寒鸦，于是在它的腿上系了一根绳子，然后把寒鸦作为宠物给自己的孩子。但寒鸦极不喜欢和人生活在一起。过了一阵子，当寒鸦看上去已经变得相当温顺了，主人才放松对它的看管。寒鸦偷偷地溜了出去，飞回自己的老窝。不幸的是，绳子仍然系在腿上。不久后，腿上的绳子在一棵树枝上缠住了，寒鸦尽力挣脱，然而却再也不能自由飞翔了。寒鸦见此情景，绝望地哭泣道："唉，为了获得自由，我却丢了性命。"

农夫和狐狸

夜晚，一只狐狸跑到农夫的院子里晃悠，顺手牵走了一些家禽，农夫为此深感烦恼。于是，他设了一个陷阱，逮住了狐狸。为了报仇，他在狐狸的尾巴上系了一根粗麻绳，用火点燃后，把狐狸放走。然而事与愿违，狐狸一直朝着稻田走去，此时稻田里的谷子已经成熟了，正准备收割。稻田很快被火燃着了，烧了个精光，农夫失去了所有的收成。

复仇是一把双刃剑。

维纳斯和猫

　　一只猫爱上了一位英俊的年轻人，它请求女神维纳斯把自己变成一个女子。维纳斯欣然应允，立刻把猫变成了一位漂亮的少女，年轻人对她一见钟情，很快他们结婚了。有一天，维纳斯想要去看一下猫是否变了模样也变了习性，于是让一只老鼠跑到他们住的屋子里。年轻女子一看到老鼠就忘乎所以地跳了起来，而后飞快地扑了上去。维纳斯见此情景很生气，又把女子变回了猫。

乌鸦和天鹅

　　乌鸦非常羡慕天鹅有着一身看上去美丽洁白的羽毛。它想，这是由于天鹅经常在水里洗澡和游泳的缘故。于是，乌鸦离开以捡拾食物碎末为生的祭坛，搬到池塘和小溪边驻扎下来。然而，即使每天清洗羽毛好多遍，乌鸦依然怎么也无法使羽毛变白，最终还饿死了。

　　　　　　　　你可以改变习惯，却无法改变天性。

独眼的雄鹿

有一头雄鹿，一只眼睛失明了。它在海边吃草时，就用视力好的那只眼睛盯着陆地，这样若有猎犬靠近时，它就能察觉得到；而那只失明的眼睛就对着大海，因为它从不觉得那个方向会有什么危险威胁到自己。然而，没有想到的是，沿海航行的水手发现了雄鹿，并朝它射了一箭，它受到了致命的伤害。当雄鹿倒在地上奄奄一息时，它自言自语道："我真不幸啊！我以为陆地上会对我有危险，那儿却一点没有伤到我；我没有担心过来自海上的危险，然而来自那里的一箭却要了我的命。"

不幸常常来自意想不到的地方。

苍蝇和拉车的骡子

一只苍蝇停在一辆运货马车的车轴上，对正在拉车的骡子说："你怎么走得这么慢啊！你得加快步伐，不然我不得不用蜇针当尖棒来鞭策你了。"骡子丝毫没有被吓倒，它说："在我身后的马车上，坐着我的主人。他握着缰绳，并用手中的绳子鞭打我，我得听从他的，你别再无礼了。我知道什么时候可以偷懒，什么时候不可以偷懒。"

公鸡和宝石

公鸡在庭院里觅食，有一块宝石意外地掉落在庭院里。"噢！"公鸡说，"你是一件珍宝，毫无疑问，你的主人若找到你，他会非常高兴。但对我而言，与其给我世上所有的宝石，还不如给我一粒谷子。"

狼和牧羊人

一只狼在羊群附近闲逛了很长时间，但一直没有侵犯羊群。牧羊人开始一直对狼小心提防，因为他觉得狼有不良动机。然而随着时间一点点过去，狼没有表现出要侵犯羊群的意思，它开始显得更像是一位羊群的保护者，而非敌人。有一天，牧羊人有事去了城里，当离开伴有狼的羊群时，他有点担心。他一走，狼就转身袭击羊群，并且捕杀了大部分羊。当牧羊人回来，看到羊群遭遇了灭顶之灾，他恸哭道："把羊群托付给一只狼，我这是咎由自取啊。"

农夫和鹳

　　农夫在刚播好种的田里布下一些陷阱捕捉前来啄食种子的鹤。当他回过来察看陷阱时，发现好几只鹤被逮住了，其中还有一只鹳。鹳请求农夫放了自己："你不能杀我，我不是鹤，而是鹳，你一眼就能从我的羽毛分辨出来，我是最真诚无害的鸟啊。"然而，农夫回答说："对我来说，你是什么一点不重要，我发现你在这些破坏谷物的鹤中间，你就要遭殃了。"

　　　假如你选择和坏人作伴，没有人会相信你是好人。

战马和磨坊主

　　有一匹过去常常载着骑手驰骋战场的马，感到自己日渐衰老了，就选择到磨坊里去干活。如今，它觉得自己不能随着战鼓而驰骋沙场，而不得不整天辛苦地碾磨谷子。马为自己不幸的命运感到悲愁，有一天，它对磨坊主说："我曾经是一匹优秀的战马，穿戴华美的鞍辔，并有专人照料我的所需。我现在的境遇差得太远了！我真希望自己没有为磨坊而放弃战场。"磨坊主厉声回答："不要对过去念念不忘。命运有起有落，当它来临时，你必须接受。"

蚱蜢和猫头鹰

    猫头鹰住在一棵空心树上，它习惯晚上觅食、白天睡觉。然而，它的好梦被一只住在树枝上的聒噪的蚱蜢给搅了。猫头鹰再三请求蚱蜢替它的睡眠考虑一下，如果说这有什么效果的话，只能是蚱蜢叫得更响了。最后，猫头鹰忍无可忍，决定使一个计谋摆脱这个讨厌的家伙。猫头鹰去找蚱蜢谈话，用友善的口气说："因为你的歌声，我无法入睡，请相信我，你的歌声像阿波罗的七弦琴一样动听，我想喝一些前些天密涅瓦送给我的仙酒。你愿意来和我一起喝吗？"蚱蜢被对自己歌声的溢美之词给冲昏了头脑，而且一提到可口的饮品，它的嘴就直流口水。于是，它说很高兴和猫头鹰一起喝酒。蚱蜢一从洞里出来，守在那儿的猫头鹰就扑上去，把它给吃了。

蚱蜢和蚂蚁

　　冬日的一个晴天，蚂蚁们正忙着把储存起来的谷子晒干，因为经过好长一段雨天，谷子有点受潮了。就在这时，一只蚱蜢跑过来，乞求蚂蚁们分一些谷子给自己，它说："我好饿啊。"蚂蚁们停下工作，虽然这违反它们的原则。"我们可以问吗？"它们说，"去年整个夏天，你在做什么？为什么不采集一些食物储存起来过冬呢？""是这样的，"蚱蜢答道，"我那会儿正忙着唱歌，没有时间啊。""你如果夏天要唱歌，"蚂蚁说，"那你冬天只好去跳舞了。"蚂蚁们呵呵一笑，继续去干活了。

农夫和蛇

有一年冬天，农夫发现了一条冻僵的蛇，出于怜悯，他拾起蛇放进自己的怀里。蛇一从温暖中苏醒过来，就转向它的恩人，朝农夫狠狠地咬了致命的一口。这个可怜的人倒下了，奄奄一息地说："这是我咎由自取啊，都怪自己把同情心用在这样一个恶毒的家伙身上。"

勿将仁慈施予恶人。

两只青蛙

两只青蛙比邻而居，一只生活在湿润的沼泽，那里是青蛙们喜爱的地方；另一只生活在远处的一条水沟里，那里汇聚了雨后所有流过来的水。生活在沼泽里的青蛙请自己的朋友过来和自己一起住，因为生活在沼泽里的青蛙发现水沟很不舒服，而且更重要的是，那里不安全。但那只青蛙拒绝了，说自己不能从已经住惯了的地方搬走。几天以后，一辆重型货车翻倒在水沟里，那只青蛙被车轮压死了。

修鞋匠改行做医生

有个非常笨拙的修鞋匠，发现自己靠做这一行无法度日，就放弃了修鞋，转而去行医。他宣称自己有医治百病的秘方，通过吹嘘自己的才能博得了盛名。然而，有一天，他患了重病。国王想要检验一下他的医术水平，叫人拿来一只杯子，往里面倒了一剂解药，谎称是在其中混了毒药，加了一点儿水，命令他喝下去。修鞋匠担心中毒害怕极了，只好承认自己对医药常识一无所知，他的解药是毫无用处的。于是，国王召集臣民，对他们发表了下面的讲话："还有什么能比你们更愚蠢呢？这样一个没有人会把鞋拿去叫他修补的修鞋匠，你们竟毫不犹豫地把自己的生命托付给他！"

驴、公鸡和狮子

一头驴和一只公鸡同在一个畜栏里。这时，一头饿了好多天的狮子过来了，正要扑向驴，准备美餐一顿时，公鸡挺身而出奋力拍打翅膀，发出响亮的啼鸣。当时，如果有什么事能吓到狮子，那一定是公鸡的啼鸣，狮子一听到鸡叫，立刻逃跑了。驴瞧见这一情形，非常得意，心想，如果狮子连公鸡都不敢面对，那更别提见到驴了。于是，驴跑了出去，追赶狮子。然而，当它们跑出公鸡的视线，也听不到鸡鸣时，狮子猛然转身扑过来，把驴给吃了。

盲目自信常常会导致灾祸。

肚子和器官

　　很早以前，身体上的各个器官一起反抗肚子。它们对肚子说："你养尊处优，从来不干一点活，而我们不仅要做所有辛苦的工作，而且像奴隶一样不得不满足你的一切需求。现在，我们不愿再这么做了，你要为自己的将来作改变了。"器官们说做就做，它们让肚子挨饿。结果可以想象：整个身体很快开始衰弱，所有的器官都整体衰退下来。然而，当它们知道自己有多么愚蠢时，已为时太晚。

秃子和苍蝇

　　一只苍蝇停在秃子的头顶上，叮了他一口。秃子一心想要打死它，却给了自己狠狠一巴掌。然而，苍蝇飞走了，并且还嘲笑秃子："因为叮了你一小口，你就要灭我，结果你给了自己狠狠的一掌，那你要怎么惩罚自己呢?""噢，对那一掌我无怨无悔，"秃子答道，"因为我从不故意伤害自己，但你这只靠吸人血为生的卑鄙小虫，我已经忍受够了，只有灭了你才能让我满意。"

驴和狼

一头驴在草地上吃草，忽然看到远处有一只狼，驴假装有严重的跛脚，痛苦地蹒跚而行。狼走上前来，问驴怎么会这么跛。驴回答说，在穿越篱笆时踩到了一根荆棘。驴请求狼用牙齿把荆棘拔出来。它说："免得你吃我时，这根荆棘刺入你的嗓子，让你非常痛苦。"狼说可以这么做，它让驴抬起脚，专心致志地去拔那根荆棘。然而，驴突然抬起蹄子踢向狼的嘴，打落了狼的牙齿，然后飞快地跑了。狼张开嘴，自言自语地说："我真是活该！父亲教我残杀其他动物，我应该坚持这一谋生手段，而不是尝试去帮别人治疗。"

猴子和骆驼

　　在百兽们的聚会上，猴子表演的舞蹈深受大家喜欢。谢幕时的热烈掌声引起了骆驼的羡慕，使得它也想通过同样的方式赢得大家的喜爱。于是，骆驼从座位上站了起来，开始跳舞，但它的一举一动显得很可笑，它怪异滑稽的表演难看极了，百兽们都纷纷嘲笑骆驼，把它赶了出去。

病人和医生

医生为病人看病，问他身体情况怎样。"很好，医生，"病人说，"但我感到出了很多汗。""啊，"医生说，"那是好征兆。"在第二次看病时，医生又问了病人同样的问题，病人回答："我像往常一样，但一直在打寒战，浑身发冷。""啊，"医生说，"那也是好征兆。"当医生第三次为病人看病，像以前一样询问病人的健康状况时，病人说感觉发高烧了。"那是很好的征兆，"医生说，"你肯定感到非常愉快。"后来，一位朋友来看病人，问他健康状况如何，病人回答："亲爱的，我都快让好征兆给害死了。"

行人和悬铃树

炎炎夏日，两个行人走在烈日当头、尘埃满天的路上。前方有一棵悬铃树，他俩高兴地走过去，在茂密的浓荫下躲避炙热的阳光。他俩休息时，抬头看着树，其中一人对同伴说："这种悬铃树多没用啊！它不能结果实，对人类毫无用处。"悬铃树气愤地喝止了他。"你这个忘恩负义的家伙！"悬铃树吼道，"你到我这树下来躲避炙热的阳光，而且还尽情享受树叶带来的荫凉，你竟敢还侮辱我，说我没有一点儿用处！"

有助于人却遭忘恩负义。

跳蚤和牛

有一次，跳蚤对牛说："像你这么高大强壮的家伙怎么会愿意为人类服务，为他们尽心尽力辛勤劳作？而我看起来比你小多了，却寄生在人的身上，尽情地吮吸他们的鲜血？"牛对此回答道："人类对我非常好，我很感激他们，他们给我吃好的、住好的，还经常轻轻地拍拍我的额头和脖子，表示对我的喜爱。""他们也会拍我，"跳蚤说，"如果我让他们拍的话，我要非常小心，否则就被他们拍死了。"

鸟、兽和蝙蝠

　　鸟类和兽类交战，很多场战斗打下来各有胜负。蝙蝠不确定自己该加入哪一方，当局势对鸟类有利时，蝙蝠就投向鸟类的阵营；而当兽类在战斗中占上风时，蝙蝠就加入到兽类中。整个战争期间，没有任何一个动物注意到蝙蝠。而当战争结束，双方重建和平，鸟和兽都不愿与这样一个双面叛徒有任何关系，因此，蝙蝠直到今天仍然是一个被鸟兽摒弃的独居者。

男子和他的两个情妇

　　一个中年男子，头发开始渐渐花白了。他有两个情妇，一个半老徐娘，一个正值妙龄。那个上了年纪的情妇不喜欢情人看上去比自己年轻许多，于是每当男子来看她，她都会把男子头上的黑发拔掉一些，使他看起来老一点。另一个年轻的情妇，不喜欢男子看上去比自己老很多，每次一有机会就把他的白发拔掉，使他看起来更年轻。周旋于两个情妇之间，男子的头上留不下一根头发，彻底成了光头。

鹰、寒鸦和牧羊人

有一天，寒鸦看见一只鹰猛地扑向一只小羊，用爪子把小羊掠走了。"我的天呐，"寒鸦说，"我也要这么做。"于是，它高高地飞向空中，振翅冲到一只公羊的背上。它一落到羊背上，爪子就被羊毛紧紧地缠住了，怎么用力也无法挣脱，寒鸦在那儿拍着翅膀不能动弹，只是越用力，情况比之前越糟。过了一会儿，牧羊人来了。"哎哟，"牧羊人说，"这就是你一直在做的事呀？"接着，他抓起寒鸦，剪下翅膀，把它带回家给孩子们。寒鸦看起来好奇怪，孩子们都不知道它是什么鸟。"父亲，它是哪类鸟？"孩子们问。"它是一只寒鸦，"牧羊人回答说，"它不过是一只寒鸦而已，却想让别人以为它是一只鹰。"

不自量力只会使努力白费，不仅会遭遇不幸，而且还会招来嘲笑。

磨坊主、他的儿子和他们的驴

　　磨坊主在儿子的陪同下，赶着他的驴去集市，希望为驴找一个买家。路上，他们遇到了一群姑娘，姑娘们一边笑一边大声说："你们可曾见过这么愚蠢的一对父子？当他们可以骑驴时，却还要沿着漫天灰尘的路吃力地走！"磨坊主对姑娘们的话深有感触，于是，他让儿子骑在驴上，自己在一旁跟着走。

　　不一会儿，他们遇到了他的几个老年朋友，那些人向父子俩打了招呼，并说："让儿子骑驴，而你自己在一旁吃力地走路，你会宠坏你的儿子的！让他走路，年轻的懒骨头！他该体验一下这世上的美德。"

　　磨坊主听了老朋友的建议，和儿子换了位，自己骑在

驴背上，而他的儿子在一旁吃力地走着。

　　他们没走多远，突然遇到一群妇女和孩子。磨坊主听到那群人说："多么自私的一个老头！他自己舒舒服服地骑着驴，而让他那可怜的小孩费力跟着走！"于是，他让儿子坐在他身后。

　　一路往前走着，他们又遇到几位行人，行人问磨坊主他骑着的驴是他自己的还是租来的。他回答，驴是自己的，正要去集市把驴卖了。"天哪！"行人说，"当这个可怜的牲畜驮着你们到集市时，已经筋疲力尽了，没有人会看得上它。你们驮着它不更好吗？""那就听你的，"磨坊主说，"我们试一试。"于是，他们从驴背上下来，用绳子把驴的腿绑在一起，挂在一根杆子上。最后，磨坊主和儿子挑着驴来到镇上。这成了一幅非常滑稽的景象，人们拥过来对此嘲笑讥讽，并开玩笑地说，他们是一对冷酷的父子，有些人甚至喊他们为疯子。

　　当他们来到一座桥上时，驴被嘈杂的噪声和喧嚣的环境吓坏了，踢断了捆绑它的绳子，掉到水里淹死了。倒霉的磨坊主又恼又羞，从小路逃回家去。他这才明白，努力去讨每个人的欢心，却一个人的欢心也讨不到，而且还失去了他的驴。

雄鹿和葡萄藤

一头被猎人追捕的雄鹿，躲藏在茂密的葡萄藤下。猎人们不见雄鹿的踪迹，路过它的藏身之处时，也没有察觉到它就在附近。雄鹿以为一切危险都过去了，便开始吃起葡萄藤上的叶子，这下引起了折返回来的猎人的注意，其中一人以为有什么动物藏在这里，就对着茂密的树丛乱射一箭。倒霉的雄鹿被箭射穿心脏，临死时，它说："这是我罪有应得，谁叫我背信弃义，葡萄藤的叶子保护了我，我却把它给吃了。"

忘恩负义者自会受到惩罚。

被狼追捕的羔羊

狼追赶着一只羔羊，羔羊逃到一座神庙里躲了起来。狼竭力劝说羔羊出来："如果你不出来，祭司一定会抓住你，把你放到供桌上去献祭。"羔羊对此回答道："谢谢你。我想，我要待在我待的地方，我宁愿某一天成为供品，也不愿被狼吃掉。"

射手和狮子

　　射手跑到山上张弓射击，除了狮子以外，所有的动物一看到他都逃跑了，狮子留下来向他挑战。他朝狮子射了一箭，正中目标，于是说："你要明白，这只是我的警告，等着瞧，看我怎么对付你。"当狮子感到被箭射中的剧痛时，迅速拔腿就跑。一只狐狸看到了这一情况，便对狮子说："嗨，别做胆小鬼，你为什么不留下来表现一番斗志呢?"然而，狮子却回答："你不能说服我留下，因为他一箭都射得那么厉害，这必定是一个很难对付的家伙。"

　　　　　对那些在远处就能带来伤害的人要敬而远之。

狼和母山羊

　　狼看见母山羊在陡峭的岩石顶上，吃着寥寥的几棵草，无法上去逮住它，就竭力劝它往下走。"夫人，你在上面真有生命危险，"狼大声地说，"听我的建议，到下面来吧，你会发现这里有许多更鲜嫩的草。"母山羊瞥了狼一眼，说："你才不会关心我是不是能吃到新鲜或不新鲜的草，你想的是怎样才能吃到我。"

生病的鹿

　　有一头鹿生病了，躺在林中的一块空地上，虚弱得动弹不得。它生病的消息传出去后，许多野兽前来慰问它的病情，趁此机会，野兽们个个都来啃一点儿长在病鹿周围的草。直到后来，在病鹿能够得着的范围内，一片草叶都没有了。过了些日子，病鹿开始康复，但仍没有力气起来去寻找食物。由于朋友们的自私，它不幸饿死了。

驴和骡

有个人有一头驴和一头骡。一天，这两头牲口都驮着重物一起动身出门。只要道路平坦，驴就走得很轻松，但不久，他们来到了非常崎岖陡峭的山路上，驴累得差点倒下。于是，驴恳求骡为自己分担一部分负重，但骡拒绝了。最后，驴因筋疲力尽绊了一跤，栽倒在陡峭的路上，死了。赶车人很失望，只好把驴负载的重物加到骡的身上，同时，他剥下驴皮盖在骡所负载的重物上面。骡承载上附加的重量，痛苦地蹒跚而行，它自言自语道："我这是自作自受啊，假如我起初愿意助驴一臂之力，现在就不会驮着它的东西，还驮着它的皮了。"

小牛和公牛

公牛在田里辛苦劳作，小牛走到公牛跟前，以相当高傲的姿态，同情公牛不得不如此辛苦地劳作。不久后，村里迎来了节日，人人都在享受假期，而公牛也到草地上去放松一下，小牛却被抓去准备献祭。"啊，"公牛见状嘲笑着说，"我现在明白你为什么可以这样游手好闲了，因为你一直在为去祭坛而准备。"

狮子的王国

　　当狮子统治地球上的百兽时，它从不心狠手辣、冷酷残暴，而是像一个国王应有的那样温文尔雅。在狮子统治时期，他召集全体野兽，拟定了一份所有动物都要和平相处的法律章程，其中包括狼和羊、虎和鹿、豹和小羊、狗和兔，所有的动物都要在和平友好的环境下一起居住。兔子说："噢！我多么渴望有这一天，在那里，弱者就不用害怕边上的强者了！"

驴和赶驴人

　　驴被赶着走在山路上，慢步向前走了一会儿后，突然猛地停下步子，蹿到悬崖边上。就在驴快要跳入悬崖的时候，赶驴人一把揪住驴的尾巴，用力拉它回来。但是，任赶驴人怎么使劲地拉，仍然不能使驴从悬崖边移动半步。最后，赶驴人只好放手，他哭喊道："那好吧，你就以自己的方式掉下去吧，但是你会发现，这种突然死亡的方法，实在是太快了。"

狮子和野兔

　　狮子发现一只野兔在洞穴里睡觉，正要走过去吃它时，忽然瞥见一头雄鹿从一旁经过。狮子立刻抛下野兔，去追捕更大的猎物。但狮子却发现，追了很久，还是追不上雄鹿，只好放弃追赶，回过头来找野兔。然而，当狮子回到原来的地方，却发现野兔不见了，它的美餐化为了乌有。"我活该啊，"狮子说，"我应该满足于已经到手的东西，而不是去追赶一个更大的猎物。"

狼和狗

有一次，狼对狗儿们说："我们为什么要一再继续为敌呢？我们在许多方面都非常相像，最大的区别在于，只有你们是受人训练的。我们过着自由自在的生活，而你们要做人类的奴隶，他们打你们，把沉重的项圈套装你们的脖子上，迫使你们为他们看管牛群羊群。尤其是，他们除给你们吃一点骨头以外，其他什么也没有。别再忍气吞声了，把羊群交给我们，我们将一起过着养尊处优、大吃大喝的生活。"狗儿们被这些话给说服了，和狼群一起进入洞穴。但是，它们一进入洞里，狼群就对它们展开了攻击，把它们撕成了碎块。

叛徒应受到严厉的惩罚。

公牛和牛犊

　　一头公牛使劲儿扭着庞大的身躯，穿过一条狭窄的通道，到牛棚里去。这时，一头小牛犊走过来对公牛说："如果你能到边上待会儿，我就会告诉你如何通过那里。"公牛转过身去笑着看了看小牛犊，说："在你出生之前，我就知道那个方法了。"

树和斧子

伐木者来到森林里，请求树木给他一个做斧子的柄。树王立即同意了这个合理的要求，毫不犹豫地给了他一棵白蜡树的幼苗，伐木者就用它做了一个自己想要的斧柄。他一有了新斧柄就开始工作，砍伐了林中的珍贵树木。当树木们看见伐木者用自己给的礼物所干的事，都哭喊道："哎呀！哎呀！我们快完蛋了，但这得怪自己。我们给了他那棵小树苗，都得为此付出代价。要是我们不献出那棵白蜡树，我们还可以长久地矗立在这里呢。"

天文学家

从前，有个天文学家，习惯在晚上出去观测星象。一天晚上，他步行去郊外的途中，全神贯注地望着星空，没有注意脚下的路，结果掉进了一口枯井。他倒在井底呻吟着，有人从他上面路过，闻声来到井口，朝下一看，明白了事情的原委，说道："如果你是想说，你正在专心致志地观测星空，甚至没有看清脚下的路要带你去哪儿，那在我看来，你完全是自作自受。"

工人与蛇

工人的小儿子被一条蛇咬死了。工人悲伤不已，他怒气冲冲地拿起斧头来到蛇洞口，要伺机杀了那条蛇。不一会儿，蛇出洞了，工人瞄准目标，对它一击，但只砍下了蛇的尾巴，蛇又爬回了洞里。接着，工人试图再次引蛇出洞，假装想要和蛇言归于好。但蛇说："我永远不会成为你的朋友，因为我失去了尾巴。而你也不会是我的朋友，因为你失去了孩子。"

对遭受伤害的人来说，伤痛永远无法忘记。

笼中鸟和蝙蝠

挂在窗外的鸟笼里关着一只会唱歌的鸟，它总在夜晚当所有其他鸟儿都睡着的时候唱歌。一天晚上，飞来一只蝙蝠，停在笼子的栅栏上，问笼中鸟为什么白天一声不吭，而只在晚上唱歌。"我有充分的理由这么做，"笼中鸟说，"我曾经在白天唱歌，却因歌声招来了捕鸟人，他用网把我给逮住了。从那以后，除了晚上，我白天从不唱歌。"但蝙蝠回答说："当你成为俘虏后，你如今就不用这么做了。要是你在被逮住之前这么做，你可能现在还是自由的。"

事后防范是徒劳的。

驴和买主

有人想买一头驴，便去了市场，他无意中看到一头和驴长得很像的动物，就和它的主人商量，想带它回家试用，看看它到底是什么动物。他一到家，把它牵进马厩，和其他驴关在一起。这初来乍到者朝四周看看，立即来到马厩里最懒最贪的动物边上待着。买主看到这一情形，立刻给它套上缰绳，带它回去，把它又还给了原来的主人。原主人见它这么快就回来了，非常惊讶，问道："你已经通过试用知道它是什么动物了吗？""我不用再试了，"那人回答，"我从它为自己选择的同伴，就可以看出它是哪种动物。"

观其交友，知其为人。

小羊和狼

　　一只迷途的小羊遭到狼的追赶，眼看无法脱身，小羊就转过身对狼说："先生，我知道自己逃不掉，一定会被你吃了。由于我的生命所剩不长，我请求你尽可能地让我快乐。在我死之前，你能为我吹奏一曲，让我跳个舞吗？"狼见没有理由反对在晚餐前演奏些音乐，于是就拿出笛子开始吹奏，而小羊就在狼的面前跳起了舞。过了几分钟，羊群的保护者听到音乐声，赶过来看到了正在发生的一切。他们一见到狼就展开追击，把狼赶跑了。狼逃跑时，回头对小羊说："我这完全是咎由自取，我干的是屠夫的行当，而不是吹笛来取悦你。"

欠债者和母猪

　　有个雅典人欠了债，被债主催着还钱，可他当时根本无力偿还，于是请求延缓债期。但债主不肯通融，要求他必须立即还债。欠债者牵出他仅有的一头母猪，带到市场上去出售。碰巧他的债主也在市场上。不一会儿，有个顾客走过来，问这头母猪是否会下优良品种的猪崽。"当然，"欠债者说，"这头猪下的崽非常棒，更特别的是，它在丰收女神节会下母崽，在护城女神节会下公崽。"（当地的节日风俗是这样的：雅典人总是先献上一头母猪，在另一时候又献上一头公猪，而在狂欢节，他们要献出一只小山羊。）当时，站在边上的债主打断了他的话，说："先生，不要感到惊讶，更厉害的是，这头母猪在狂欢节会下小山羊呢！"

秃头的猎人

有个秃子，平时习惯戴一顶假发。有一天，他出去打猎。当时吹起了很大的风，他还没有走远，一阵大风就把他的帽子和假发都吹走了。然而，他开玩笑地说："啊！这假发不是从头上长出来的，难怪它不属于我。"

牧人和丢失的牛

牧人在放牛时丢失了牛群中最好的一头小牛。他立刻到处寻找，但一无所获。他发誓，如果发现小偷，他就献出一头牛犊给朱庇特。牧人继续寻找，他进入灌木丛，突然看到一头狮子正在狼吞虎咽地吃丢失的那头小牛。他害怕极了，举起双手向天祈求道："伟大的朱庇特，我刚才发誓如果发现小偷要献一头牛犊给你，但现在只要我能从狮爪下安全逃脱，我保证给你一头成年的公牛。"

骡

一天早上，骡吃得太饱了，无法干活。骡开始认为自己非常英俊，并欢蹦乱跳地说："我的父亲无疑是一匹勇敢的骏马，我长得和它一模一样。"但不久后，骡被套上马具，被迫载着重物去远行。一天走下来，骡筋疲力尽，它垂头丧气地自言自语："我肯定认错父亲了，它毕竟只是一头驴。"

猎狗和狐狸

　　猎狗在森林里漫步，远远地发现一头狮子步履蹒跚，于是展开追捕，心想那是一个很好的目标。不久，狮子感到自己正被追捕，就突然停下来，绕着猎狗转圈圈，并发出一声大吼。猎狗立即掉头跑了。一只狐狸见猎狗逃跑，就嘲笑它，说："呵呵！追捕狮子的胆小鬼，听到狮子吼了一声就立刻吓跑了！"

父亲和两个女儿

某人有两个女儿，一个嫁给了园丁，另一个嫁给了陶工。过了一段时间，他想去看看女儿们过得怎样。他先去看了嫁给园丁的女儿，他问女儿过得如何，夫妻俩是否事事称心。女儿回答说，总的情况非常好，"但是，"她接着说，"我只希望老天能好好地下场雨，花园非常需要雨水的灌溉。"然后，这人又去看望嫁给陶工的女儿，并问了同样的问题。这个女儿回答说，他们夫妻俩没什么不满的，"但是，"她接着说，"我只希望能有晴朗干爽的好天气，能把陶器晾干。"父亲面带笑意看着她："你希望干爽的天气，你姐姐盼望雨天。我会为你们祈愿，希望你们的愿望都能实现，而现在最好什么也别说了。"

家驴和野驴

有一天，悠闲逍遥的野驴遇到一头躺在阳光下、舒展着四肢、正在享受生活的家驴。野驴走到家驴面前，对它说："你真是个幸运的家伙！你那柔滑光亮的皮毛表明你生活得很好，我好羡慕你啊！"不久后，野驴又遇见家驴，但这回，家驴驮运着重物，赶驴人在后面用粗棍鞭打它。"噢，我的朋友，"野驴说，"我不再羡慕你了，因为我瞧见你为了舒适所付出的昂贵的代价。"

花很大的代价得来的好处不一定是福气。

驴和主人

　　花匠养了一头驴，驴几乎没什么食物可吃，还要驮运沉重的货物，而且经常挨打，日子过得很不好。驴因此央求朱庇特带它离开花匠，把它交给别的主人。于是，朱庇特派墨丘利去找花匠，命令他把驴卖给一个陶匠。但是驴并不满意，因为它现在得比之前更辛苦地工作，于是它再次请求朱庇特让它逃离这种生活。朱庇特很热心地安排把它卖给一位制革匠。但是当驴子得知新主人的职业时，它绝望地喊道："我怎么会对以前的那些主人不满呢？虽然我要辛苦地工作，他们对我也不好，但至少我死了他们会好好地埋葬我。而现在，我死后，连我的皮都会被拿去制成皮桶了。"

　　仆人只有在遇到更糟的主人后，才明白前主人的好。

驮货驴、野驴和狮子

　　野驴看见驮货驴背着一袋重物正在慢慢地走，就开口嘲笑它活得像奴隶一样："和我相比，你的命运太可悲了！我像空气一样自由自在，从来不用干一点儿活，想吃草只要到山坡上去，那儿的草足够我吃的了。而你！你得靠主人提供食物，他让你每天运沉重的货物，还残酷地鞭打你。"就在那时，一头狮子出现了，由于赶驴人在那儿，狮子无意去侵犯驮货驴，而冲向无人保护的野驴，毫不费力地把它吃了。

　　除非你能保护自己，否则做自己的主人毫无用处。

蚂　蚁

　　从前，蚂蚁本是人类，以耕地为生。然而，它们不满足于自己的工作成果，总把眼睛盯着邻居们的谷物和果实，只要一有机会，就偷邻居的东西，增加自己的储存。终于，它们的贪婪使朱庇特非常恼怒，就把它们都变成了蚂蚁。然而，虽然它们的外形变了，它们的本性却仍然和以前一样。所以，直到今天，蚂蚁还是会到田里去，搬走别人的劳动果实，存储起来为自己所用。

　　　　　　　　你可以惩罚一个小偷，但他的本性难移。

青蛙和井

　　两只青蛙共同生活在一片沼泽里。但有一年夏天，沼泽干涸了，由于青蛙喜好潮湿的地方，它们便离开那里，去寻找其他的住所。不久，它们来到一口深井旁，其中一只青蛙朝井下看了看，对另一只青蛙说："这儿看起来是一处非常凉爽的地方，我们就跳下去在这里安家吧。"但另一只头脑聪明的青蛙回答说："朋友，别这么着急，假如这口井像沼泽一样干涸了，我们怎么出来呢?"

三思而后行。

螃蟹和狐狸

一只螃蟹离开海滩，去了陆地上的一块草场住了下来，那里看上去非常不错，长满了青青的草，像是一个有着肥沃饲料的好地方。然而，一只饥饿的狐狸出现了，看见螃蟹，就逮住了它。当狐狸要把螃蟹吃了的时候，螃蟹说："我真是咎由自取啊，因为我没理由离开海边的天然栖息地搬到这里，还当自己是属于陆地似的。"

知足常乐。

狐狸和蚱蜢

一只蚱蜢在树枝间鸣叫。狐狸听到了它的叫声，心想，这只蚱蜢可以成为我的一顿美味佳肴。狐狸试着耍个花招让蚱蜢从树枝上下来。狐狸站在蚱蜢的视线下，用谄媚的词句来赞美蚱蜢的歌声，请求它下来，说自己非常希望结识有着如此美妙嗓音的朋友。但蚱蜢没有上当，它回答说："亲爱的先生，你大错特错了，假如你想要我下来，我要为自己留一条好的出路，因为自从我看到许多蚱蜢的翅膀散落在狐狸窝入口处的那天起，我就知道了你的本性。"

驴和狗

驴和狗一同出行，它们走着走着，看到地上有一封密封的信件。驴拾起来，拆开封印，发现信上写着一些话，它大声地读给狗听。结果，信上提到的都是关于牧草、大麦和干草——总之，都是驴所喜欢的那些饲料。狗听到都是这些东西，觉得很烦，到最后，它急得大喊："朋友，快跳过这几页吧，看看后面有没有提到肉和骨头。"驴通篇扫了一眼这封信，发现一点没提到狗所说的那些东西。于是，狗厌恶地说："噢，快把它扔了吧，这种信会有什么好事儿呀？"

驮运神像的驴

有个人把一尊神像放到驴背上，让它运到城里的一座庙里去。一路上，他们遇到的所有人都脱帽弯腰向神像致礼，驴却以为人们这么做，是出于对它的尊敬，因此开始趾高气扬起来。最后，驴变得非常自负，以为自己能为所欲为，并且为了抗议让自己驮运这么重的货物，完全停了下来，不愿再多走一步。赶驴人见它如此顽固，用棍子不断狠狠地打它，边打边说："噢，你这个蠢货，你以为人们向一头驴膜拜的时代已经到来了吗？"

一棒敲醒那些把属于别人的荣誉归功于自己的人。

牧羊人和山羊

一天，牧羊人赶着羊群回羊栏，其中有一只山羊离群了，不愿和其他羊一起去休息。牧羊人叫唤它、对它吹口哨，花了很长时间，想方设法想让它回去，但这头山羊对牧羊人毫不理睬。牧羊人最后只好朝它扔了一块石头，打破它一只羊角。牧羊人为此惊惶失措，他请求山羊不要告诉他的主人，然而山羊回答："你这蠢家伙，即使我不出声，我的角也会大声地说出来。"

欲盖弥彰。

牧羊人和狼

　　牧羊人在草地上发现了一只迷路的狼崽子，就把它带回家，和他的牧羊犬养在一起。狼崽子长大了，如果有狼从羊群中偷走一只羊，它常常会加入牧羊犬的队伍，去追捕那匹狼。有时，牧羊犬追不上偷羊的狼，就放弃追捕回家了。小狼在这种情况下会继续独自追捕，当它追到那个罪犯，就停下来和它们一起享用美餐，然后再回到牧羊人那里。但如果有时一只羊也没有被狼抓走，小狼就会自己偷一只羊，和牧羊犬一起分享。牧羊人起了疑心，有一天当场抓住了正在偷羊的小狼，于是在小狼的脖颈上套上一根粗绳，在附近的树上把它吊死了。

　　　　　　　　　　　　　　　　江山易改，本性难移。

狮子、朱庇特和大象

　　狮子尽管高大英武、身强力壮，而且还有着锋利的爪牙，但却因一件事认为自己是一个懦夫。那就是，它不能忍受公鸡的啼叫，每次听到这个声音，它就逃得远远的。狮子伤心地埋怨朱庇特把自己弄成这个样子。但朱庇特说，这不是自己的错，他已经尽力把它做成最好的了，正因如此，狮子只有一个弱点，它应该非常满意了。可是，狮子还是不舒服，它因为自己的胆怯而倍感羞愧，恨不得就这样死去。在这样的精神状态下，狮子遇见了大象，它们聊了起来。狮子注意到，大象一直竖着耳朵，似乎在倾听什么，就问大象为什么这样。正在这时，一只蚊子"嗡嗡"

地飞过来，大象说："你瞧见那只讨厌的小虫子了吗？我很怕它钻到我的耳朵里来，如果它钻了进来，我就会因此而死。"狮子听到这话立即打起精神，自言自语地说："如果像大象这样的庞然大物都害怕一只蚊子，我就不必为害怕一只公鸡而羞愧难当，公鸡要比蚊子大一万倍呢。"

伊索寓言

猪和羊

一头猪发现自己闯进了羊群正在吃草的牧场。牧羊人逮住猪，打算把它带到屠夫那儿去。猪大声地号叫，奋力挣扎。羊怪它发出这么大的叫声，对它说："牧羊人经常抓我们，就像那样把我们拖走，我们一点儿不紧张。""我可不敢苟同，"猪回答，"我的情况和你们的完全不同，牧羊人要的只是你的毛，却是我的命。"

园丁和狗

　　园丁的狗掉入一口深井里，过去园丁经常用绳子吊着水桶从这里汲水来浇灌园子里的植物。园丁用了许多方法都不能把狗救出来。为了把狗救上来，园丁亲自来到井下。而狗却以为，园丁下井是要把它溺死，因此园丁一到井里，狗就咬了他一口。园丁伤得很重，这使得他不再管狗的死活而爬出井外，说道："为了去救这个决意要找死的家伙，我真是活该啊。"

河流和海洋

很久以前，所有的河流都向海洋抱怨，从河里流到海里的水变咸了。"当我们流向你，"河流对海洋说，"我们本是甘甜可口的，但一旦混入你那里之后，我们的水就变得像你一样，咸涩不能喝了。"海洋不耐烦地回答："请离我远点儿吧，那样你们仍是甘甜的。"

恋爱中的狮子

　　狮子深深地爱上了一位佃农的女儿，想要娶她，但女孩的父亲不愿把女儿许配给如此可怕的一位丈夫，但又不想触怒狮子。忽然他想到了一个权宜之计。佃农对狮子说："我想，你为了我的女儿，将会成为一个很好的丈夫。但我不能同意你们结婚，除非你让我拔了你的牙齿、削了你的利爪，因为我的女儿非常害怕你的爪牙。"热恋中的狮子欣然同意了。然而，狮子一失去了爪牙，佃农就不再害怕它，用棍棒把它赶了出去。

养蜂人

　　小偷趁养蜂人离开的时候，潜入养蜂场，偷走了所有的蜂蜜。当养蜂人回来，发现蜂巢空空如也时，非常懊恼，他站在那儿呆呆地盯了好一会儿。不久，蜜蜂们采蜜回来了，发现蜂巢被搅，而养蜂人站在一旁，它们就用自身的毒针蜇刺养蜂人。这时，养蜂人极为愤怒地喊道："你们这群忘恩负义的混蛋，让偷蜂蜜的小偷轻轻松松地跑了，然后就来蜇我这个一直照顾你们的人！"

　　　　　　　　　　当你进行报复时，要找对人。

狼和马

　　狼走着走着来到了一片麦田，由于它不吃大麦，所以就继续往前走。这时，一匹马过来了。"瞧，"狼说，"这里有一片多好的麦田啊。我是为你保留的，因为我非常喜欢你大声咀嚼成熟谷物的那种声音。"然而，马却回答："假如狼会吃大麦，我亲爱的朋友，你就不可能只满足于耳朵的享受，而以饿肚子为代价了。"

　　　　　　给他人对自己没用的信息，绝非出于善意。

蝙蝠、荆棘和海鸥

蝙蝠、荆棘和海鸥决定合伙去海上做贸易。蝙蝠为这次贸易投资借来一笔钱，荆棘储备了一批各式各样的常用衣服，海鸥则带了一些铅。就这样，它们出发了。不久，一场飓风暴雨袭来，它们连船带货沉到了海底，但它们任想方设法到达了陆地。从此以后，海鸥来回地在海上飞翔，有时潜到海底，寻找丢失的铅；同时，蝙蝠害怕遇见债主，白天躲了起来，只在晚上出来觅食；荆棘抓住每位路人的衣服，希望有一天能认出并找回自己丢失的衣服。

人们更关注找回失去的东西，而忽略了去寻找缺失的东西。

狗和狼

　　狗正躺在农家宅院门口晒太阳，一匹狼突然扑过来，想把它吃了。但狗请求狼饶命，说道："你瞧，我多瘦啊！现在的我对你来说是一顿太糟糕的午餐，可如果你能等几天，我的主人将要举办一场宴会，所有丰富的残羹剩饭都会落到我的肚里，我会变得更肥更壮，那就是你吃我的好时机了。"狼心想，这是一个好主意，然后就离开了。过了一些日子，狼又来到农家宅院，发现狗躺在它够不到的屋顶上。"下来，"狼喊道，"你还记得我们的约定吗？"然而，狗却冷冷地说："朋友，如果你再在门口逮到躺在那儿的我，就不要再等什么宴会了。"

一朝被蛇咬，十年怕井绳。

黄蜂和蛇

一只黄蜂停在一条蛇的头顶上，不但蜇叮了蛇好几次，而且还牢牢地抓住蛇头。蛇痛苦得大怒，尝试所能想到的各种各样的办法，想摆脱这只黄蜂，但都无济于事。最后，蛇绝望地哭喊道："杀了我吧，即使以我的生命为代价。"它带着黄蜂，把头钻到一辆过路马车的车轮底下，它俩同归于尽了。

鹰和甲虫

鹰追捕一只野兔，野兔为了活命飞快地奔跑，它绞尽脑汁想知道去哪儿可以寻求帮助。这时，野兔看到了一只甲虫，就请求甲虫救它。于是，当鹰飞扑过来时，甲虫警告鹰，不要伤害野兔，因为野兔是受它保护的。但甲虫实在太小了，鹰根本没注意到它，抓起野兔就一口吃了。甲虫对此耿耿于怀，经常盯着鹰巢，每当鹰一下蛋，它就爬上去把蛋推出鹰巢，摔个稀巴烂。终于，鹰对自己的蛋总是被打破感到非常焦虑，便去找守护神朱庇特，请求他给自己一个安全的地方筑巢。于是，朱庇特让鹰在他的大腿上下蛋。然而，甲虫发现了这一情况，就做了一个和鹰蛋一样大小的泥球，然后爬上去把泥球放到朱庇特的大腿上。

朱庇特见到这泥团，便站起来把它从袍子上抖落，却忘记了大腿上还有蛋，蛋随泥团被一同抖落，和之前一样又摔破了。据说，从此以后，鹰决不会在甲虫出没的季节下蛋了。

　　面对强者，弱者有时会用自己的方式去报复强者的侵犯。

捕鸟人和云雀

捕鸟人正在布网准备捕鸟，一只云雀飞到他的跟前，问他在干什么。"我正忙着建造城市。"捕鸟人说道。同时，他走开躲了起来。云雀十分好奇地仔细检查了一下网，一下看到了诱饵，为了将它得到手就飞了进去，结果陷入网中。捕鸟人快步跑来抓住了云雀。"我真是个傻瓜！"云雀说，"如果那就是你建造的城市，至少需要很长时间，你才会发现有足够多的傻瓜前来入住。"

吹笛的渔夫

有一天，一位擅长吹笛的渔夫带着渔网和长笛来到海边，他站在一块突出的岩石上开始吹奏曲子，心想，音乐会吸引鱼儿从海里跳出来。他吹了好久，但一条鱼儿也没出来，最后他扔下长笛，把渔网撒向海里，捕到了满满一网的鱼。他把鱼儿拖上岸，看着它们在岸上活蹦乱跳的样子，大声说："你们这些淘气的家伙！我吹笛时，你们不肯跳出来；现在我不吹了，你们却跳得起劲！"

农夫、驴和牛

农夫给牛和驴一起套上轭，去田里耕地。这是一个不得已的办法，也是农夫所能想到的最好的办法，因为他只有一头牛。在农活结束的最后一天，牛和驴都解了轭套，驴对牛说："我们都经历了一段辛苦的日子：我们谁来带主人回家？"牛对这个问题似乎很惊讶，它说："和往常一样，肯定是你啦。"

泽马德斯和他的寓言

有一次，演说家泽马德斯在雅典作公开演讲，而听众却心不在焉地听他在讲，泽马德斯因此停下来，说："先生们，我想给你们讲一则伊索寓言。"这使得人人都专心致志地听他演讲。泽马德斯开讲道："女神得墨忒耳曾经和燕子、鳗鱼一起出游，她们来到一条没有桥的河，燕子飞了过去，鳗鱼游了过去。"接着他不吭声。"得墨忒耳怎么样了？"听众中有几个人喊道。"得墨忒耳，"他回答说，"对你们非常生气，因为你们只顾听寓言，根本不关心公共事务。"

猴子和海豚

　　人们出海远航时，经常随身带着哈巴狗或猴子等宠物来消磨时间。因此，有一个人在从东方返回雅典的船上随身带了一只宠物猴。当他们靠近阿提卡海岸时，突然遭遇了狂风大浪的袭击，航船在风浪中翻没。船上所有的一切都落入水中，人们试图通过游泳逃生，猴子也在其中。一条海豚看见了猴子，以为是一个人，就把猴子背在自己的背上，向岸边游去。当它们到达希腊东南部港口比雷埃夫斯时，海豚问猴子是不是雅典人。猴子回答说是的，并且说自己来自一个非常有名望的家族。"那么，你自然知道比雷埃夫斯咯？"海豚继续问道。猴子以为海豚提及的是一些高官或其他人，便回答说："噢，是的，他是我的老朋友。"由此，海豚发现了猴子的虚伪，它极其恼怒，当即潜入水下，不幸的猴子很快被淹死了。

乌鸦和蛇

一只饥饿的乌鸦看见一条蛇躺在阳光下睡着了，于是就把它抓住，带到一个不受干扰的地方，想美餐一顿。这时，蛇抬头咬了乌鸦一口。这是一条毒蛇，被它咬到必死无疑。乌鸦临终前说："我的命运太悲惨了！我以为找到了一顿美食，结果却付出了自己的生命！"

狗和狐狸

　　有一次，几只狗发现了一张狮子的皮毛，就用牙齿去撕咬。正在这时，一只狐狸走过来，说："毫无疑问，你们认为自己非常勇敢，但如果那是一头活的狮子，你们就会发现它的爪子比你们的牙齿尖锐多了。"

夜莺和老鹰

夜莺像往常一样在树枝上唱歌，一只饥饿的老鹰突然发现了它，飞扑过来用爪子把它攫走。老鹰正打算把它撕成碎块吃了的时候，夜莺恳求老鹰饶命。"我还不够大，"夜莺说，"不能填饱你的肚子，你应该在大一点的鸟儿中寻找你的猎物。"老鹰有些轻蔑地瞥了它一眼，说："如果你以为我会放弃已到手的奖赏，而对目前还遥无影踪的好东西怀有希望，那你肯定认为我头脑太简单了。"

玫瑰和不凋谢的花

花园里，一株玫瑰和一株不凋谢的花一并盛放，不凋谢的花对玫瑰说："我多么羡慕你的美丽和芳香！怪不得你是众人喜爱的花朵。"但玫瑰略带哀伤的语气回答说："啊，亲爱的朋友，我开花不过一段时间，我的花瓣很快会枯萎凋落，然后就结束了生命。而你的花是永不凋谢的，即使被修剪，也是为了永久长青。"

人、马、牛、狗

一个狂风暴雪的冬日，马、牛、狗来到人的屋子里请求庇护。人欣然接受了它们，动物们又冷又湿，人就点火给它们取暖。人在马的面前放了燕麦，在牛的面前放了干草，同时把自己吃剩的食物喂给狗吃。当暴风雪小下来时，马、牛、狗打算告辞了，它们决定用以下方法来表达自己的感谢。三种动物要把自己的寿命分给人，每种动物捐出自己最有特质的一部分寿命。马带给人的是年轻时期，因此年轻人精神饱满，不能忍受约束；牛带给人的是中年时期，因此人到中年处事稳重、工作努力；而狗带给人的是老年时期，因此老年人常常容易发怒、脾气暴躁，认为首先应该追求安逸的生活，同时他们厌恶不熟悉或不喜欢的人。

狼、绵羊和公羊

狼派了一个代表团去绵羊那儿，建议双方言归于好，条件是绵羊交出牧羊犬，并立即处死。愚蠢的绵羊答应了狼的条件，但一头年迈的公羊见多识广，前来干涉，它说："我们怎么知道能与你们和平相处呢？因为即使有牧羊犬在边上保护我们，由于你们的凶残袭击，我们也从没安全过！"

天 鹅

传说天鹅直到临死时才唱歌。一天，有个听到过天鹅歌唱的人，看到市场上在卖这种鸟，就买了一只带回家。几天后，他请一些朋友来吃饭，于是就叫天鹅唱歌为他们助兴，但天鹅一直保持沉默。随着时间的流逝，天鹅渐渐衰老了，它意识到自己的大限将临，哀伤地唱起了挽歌。主人听到了它的歌声，恼怒地说："如果这家伙只在临死前唱歌，那我那天想听它的歌声未免太傻了！我应该拧断它的脖子，而不是请它去唱歌。"

蛇和朱庇特

蛇受尽了经常被人类和百兽践踏之苦，一部分原因是它的身形所造成的，另一部分原因是它不能在地面上立起来行走。于是，蛇向朱庇特抱怨自己所遭受的危险。但朱庇特对它毫不同情。"我敢说，"朱庇特说道，"如果你被第一个人踩到后就咬他，其他人就会好好看看他们的脚该放在哪里。"

狼得意地看着自己长长的影子
《狼和影子》插图

狼和影子

太阳下山时，一匹狼走在平原上，它那长长的影子令它非常惊讶，"我不知道自己有这么高大。我不用害怕狮子了！不用因为它是百兽之王，再怕它了。"狼一边说着，根本没有注意到周围的危险，它得意忘形地走着，完全没有顾及到周围。就在这时，一头狮子突然向狼扑过来，虎视眈眈地盯着它。"哎呀，"狼哭喊道，"如果我没有忘记眼前的事实，就不会被自己的幻想给毁了。"

农夫和狼

　　农夫从犁上松开牛轭，牵着牛群到湖边去喝水。趁他不注意的时候，一头饿狼出现了，走到犁边上，开始咬套在牛轭上的皮带。狼拼命地咬，希望借此满足对食物的欲望，却不知怎的被套进了牛轭。它十分惊恐，挣扎着想要出来，眼看拖着犁似乎快要滑入犁沟了。正在那时，农夫回来了，看见狼被牛轭套住，便大声说道："啊，你这个老无赖，但愿你永远不再偷窃掠夺，而能老老实实地干活。"

墨丘利和被蚂蚁咬了的人

从前，有个人看见一艘船连同船上所有的人都一起淹没了，于是强烈指责神明处罚不公。"他们根本不在乎一个人的人品，"他说，"让好人和坏人一起死了。"就在他说话时，有一群蚂蚁在他站的位置边上，他的脚被一只蚂蚁咬了一口。他转而把怒气对着那群蚂蚁，一脚踩下去，踩死了数百只无辜的蚂蚁。突然，墨丘利出现了，一边用手杖痛打他，一边按他先前所言回击道："你这坏蛋，现在你那强烈的正义感在哪儿呀？"

鹦鹉和猫

从前，有个人买了一只鹦鹉放养在家里。鹦鹉很高兴能自由自在地在屋子里飞来飞去。不一会儿，鹦鹉飞到了壁炉架上，尽情地发出尖叫声。这声音吵到了在炉前地毯上酣睡的猫。猫抬头看着这位不速之客，说："你是谁，从哪儿来的？"鹦鹉回答："你的主人刚刚把我买来，是他带我来到这个家里的。""你这只无礼的鸟儿，"猫说，"作为一个新来者，怎么敢制造出那样难听的声音？而我生在这里，长在这里，假如我敢喵喵叫，他们就会朝我扔东西，并且到处追捕我了。""听我说，小姐，"鹦鹉说，"你最好闭嘴。他们喜欢我的声音，而你的声音——简直太讨厌了。"

雄鹿和狮子

一头雄鹿被一群猎犬追捕，逃到一个洞穴避难，希望在那儿能躲避追捕者，得以安全逃生。不幸的是，这个洞穴里住着一头狮子，雄鹿沦为狮子轻而易举到手的猎物。"我真不幸啊，"雄鹿哭喊道，"我逃过了猎犬的追捕，却落入狮子的手中。"

跳出油锅，又入火坑。

骗　子

　　有个人生病了，病得非常严重，于是他向神灵起誓，如果能让他康复，他愿意献出一百头牛给神灵。神灵想看看他能否遵守承诺，便让他很快恢复了健康。事实上，他一头牛也没有，于是他用油脂做了一百头小牛供放在祭坛上，同时说道："神灵啊，我请你们见证，我已履行了誓言。"神灵决定教训一下他，就让他做了一个梦，他梦见自己被派去海边，那里可以领取一百个银币。他兴高采烈地跑到海边，却落入一群强盗手中，强盗抓住了他，把他带走当奴隶卖了，卖的价格正好是一百个银币。

不要对自己做不到的事情许诺。

狗和牛皮

　　从前，有许多饥肠辘辘的狗，看见一些牛皮浸泡在河里，但由于河水太深了，它们够不着。于是它们一起商量，决定喝干河里的水，直到牛皮完全露出来，它们能够得着为止。然而还没等它们得到牛皮，就已经喝了太多的水，肚子都要撑破了。

狮子、狐狸和驴

狮子、狐狸和驴一起去打猎，它们很快捕获了一大份猎物，狮子叫驴来为它们分配猎物。驴把猎物分成三等份，并谦虚地请狮子和狐狸先选，狮子当场勃然大怒，扑到驴的身上，把它撕成了碎块。然后，狮子用愤怒的目光注视着狐狸，命令它进行重新分配。狐狸几乎把所有的猎物都堆在一起，把一份最大的给狮子，仅给自己留了很小的一口。"亲爱的朋友，"狮子说，"你是如何掌握分配猎物的技巧的?"狐狸回答："我吗? 噢，我是从驴那儿得到了教训。"

吸取他人教训，自己才会走运。

捕鸟人、山鹑和公鸡

一天，当捕鸟人正坐下来吃只有蔬菜和面包的简便晚餐时，一位朋友突然前来拜访。家里的餐橱已空空荡荡，于是，捕鸟人出去抓了一只温顺的山鹑，这只山鹑是他留作诱饵的，捕鸟人正要扭断山鹑的脖子时，山鹑哭喊道："你一定不会杀了我吧？因为没有我，你下次怎么去捕鸟？你如何把鸟引到你的网里来呢？"捕鸟人就把山鹑放走了，去鸡舍挑了一只小公鸡。公鸡明白捕鸟人的用意后，苦苦恳求捕鸟人饶命，说道："如果你杀了我，以后怎么知道夜里的时间？谁在早上到点唤醒你去干活？"捕鸟人却回答："我知道，你告诉我时间是很有用，但尽管如此，我不能让我的朋友没吃晚饭就睡觉。"于是，捕鸟人抓住公鸡，扭断了它的脖子。

蚊子和狮子

有一次，蚊子飞到狮子面前，说："我一点儿不怕你，我甚至不认为你比我强大多少。你的能耐究竟有多厉害？你会用爪子去抓，用牙齿去咬——就像女人的脾气一样——没什么大不了的。而我比你强多了，如果你不信，我们来比比看。"说完，蚊子把触角一点点伸进狮子的鼻子里，狮子感到刺痛，急忙去压死它，蚊子却把狮子的鼻子抓得更厉害了，甚至抓出血来，而狮子完全没有伤到蚊子，蚊子取得了胜利而洋洋得意，"嗡嗡"地唱着凯歌飞走了。然而，没过多久，蚊子就落入了蛛网中，被一只蜘蛛逮住吃掉了。在战胜百兽之王后，其下场不过是沦为一只毫不起眼的昆虫的食物。

农夫和狗

农夫被一场狂风暴雪困在农场里，无法出去为一家人寻找食物。于是，他先宰了绵羊来充饥。由于当时暴风雨一直下个不停，他又宰了山羊。最后，由于天气还没有转好的迹象，他不得已宰了牛来果腹。他的狗儿们看到各种动物都被一一宰杀吃掉了，就窃窃私语："我们最好离开这里，否则，接下来将轮到我们被宰了！"

鹰和狐狸

　　鹰和狐狸成了好朋友，决定要相互住得近一点，它们想彼此多见面，友情就会更深。于是，鹰在一棵大树的顶部筑了巢，与此同时，狐狸在树下的灌木丛中安了家，还生了一窝小狐狸。有一天，狐狸出去找食物，鹰也想为自己的孩子找点吃的，就飞到灌木丛中，抓起狐狸的幼崽，飞回树上喂饱自己和家人。当狐狸回来发现了这件事，它不仅为失去孩子感到非常伤心，更为自己不能逮到鹰为孩子们报仇而十分气恼。狐狸只好坐在不远处咒骂鹰。但没过多久，报仇的机会来了。一些村民正巧在附近的祭坛上以一头羊作祭祀，鹰飞下来叼了一块烧着的羊肉回到巢里。一阵大风刮来，鹰巢着火了，雏鹰被烧死掉到了地上。狐狸就跑到那儿，让鹰眼睁睁地看着自己把这些雏鹰狼吞虎咽地吃了。

　　背信弃义可能会逃过法律的惩罚，但无法逃避天谴。

屠夫与顾客

有两个人到市场上的一家肉摊上去买肉，趁着屠夫转过身去的那一会儿工夫，其中一人突然拿了一块肉慌忙塞到另一个人的外套下，这样别人就发现不了了。当屠夫回过身来，立刻发现丢失了一块肉，便指责他们偷窃。但从肉摊上偷肉的那人说，他没有那块肉；而另一个藏有肉的人说，他没有去偷那块肉。屠夫确信他俩在骗人，但他只是说："你们可以撒谎骗我，但你们骗不了神灵，他们不会这么轻易放过你们。"

含糊其辞等同于作伪证。

赫拉克勒斯和密涅瓦

有一次，赫拉克勒斯沿着一条狭窄的公路行走，他看到前面的地上有一个像苹果一样的物体，他就过去用脚踩在上面。令他惊讶的是，他踩上去后，物体的尺寸大了一倍。于是他再去碰那个物体，用棍子重重地敲击，只见那物体越长越大，把整条路都堵塞了。他只好扔下棍子，站在那里盯着物体发愣。正在这时，密涅瓦出现了，对他说："别去碰它，朋友。你所看到的在你面前的那个东西是不和的种子，如果你不去乱动它，它仍然像原来那样，但如果你去招惹它，它就变成你看到的那个样子。"

为狮子服务的狐狸

狮子有狐狸伺候它，每当它们去打猎，都由狐狸先找到猎物，狮子再扑上去猎杀，然后它们将猎物分成几份。但狮子总是拿得比较多，狐狸只能得到很小的一份，这让狐狸很不高兴，它决定自立门户。狐狸企图从羊群中偷一只小羊羔，但牧羊人发现了狐狸，便放狗去追它。狐狸这个捕猎者现在却成了被捕者，很快被一群狗捕杀了。

安全环境下的奴役胜过危险环境下的自由。

庸 医

 有一个人感觉身体不舒服，就卧床休息。他找了许多医生来看，除了一个医生以外，其他医生都告诉他，目前不会有危险，但他的病恢复起来可能要有一段时间。只有一个医生对他的病情给出了不同的观点，建议他对病情要有最坏的思想准备。"你不会活过 24 小时，"那个医生说，"我恐怕什么也帮不了你。"可是，结果证明这个医生完全错了，因为几天后，病人能下床了，而且可以到户外散步，他的面色真的看起来像死人一样苍白。他在散步时，遇到了那个预言他要死的医生。"哎呀，"医生说，"你好吗？毫无疑问，你刚从另一个世界来吧。我已经过世的朋友，你在那儿日子过得怎么样？""非常好，"病人回答，"因为他们喝了忘川水，忘记了生命中所有的烦恼。顺便说一下，就在我离开前，下界的统治者制定措施要对所有的医生提起公诉，因为医生把病人治死了，使其不能尽享天年。除了其他医生以外，下界的统治者还要控告你，直到我使他们相信你不是医生，只不过是一个江湖骗子。"

狮子、狼和狐狸

一头年老体弱的狮子病倒在洞穴里，除了狐狸之外，森林里所有的野兽都前来问候它的健康。狼心想，这是一个好机会，可以趁此对它的仇敌狐狸进行报复，于是它提醒狮子注意狐狸没来。它说："陛下，您看，我们都来探望您的病情，除了狐狸，只有它没来看您，它不关心你的病情是好还是坏。"正在这时，狐狸过来了，听到了狼说的最后几句话。狮子对狐狸大发雷霆，狐狸恳求狮子允许它解释没到的原因。狐狸说："陛下，它们没有一个像我这样对你如此关心，因为之前我在到处寻医问药，设法找到为您治病的药方。""那么，我能问你找到药方了吗？"狮子说。"陛下，我找到了，"狐狸说，"这治疗的方法是：您必须活剥一只狼的皮，将它的皮趁热敷在您的身上。"狮子于是转过来对着狼，为了试用狐狸的药方，一掌把狼打死了。狐狸笑着对狼说："这就是引起别人恶念的后果。"

赫拉克勒斯和普路托斯

赫拉克勒斯晋升为神以后，朱庇特设宴款待他，除了财神普路托斯以外，他对所有的神都致以亲切的问候。当普路托斯走近他时，他眼睛盯着地面，转过身去假装没有看见。朱庇特对他的这一行为感到很惊讶，问他为什么对其他所有的神都那么热情，唯独对普路托斯那样。"陛下，"赫拉克勒斯说，"我不喜欢普路托斯，我会告诉你原因。当我们一起在人间时，我总是看到他与坏蛋混在一起。"

狐狸和豹

狐狸和豹就它俩哪个长得好看发生了争论，各自都声称自己比对方更漂亮。豹说："瞧我这身华丽的外衣，你根本比不上的。"然而，狐狸回答说："你的外衣或许很华丽，但我的脑袋比你更聪明。"

狐狸和刺猬

　　一只狐狸经过一条湍急的河流时，被水流冲走了，尽管奋力挣扎，还是顺势被冲得很远。它伤痕累累、疲惫不堪。最后，狐狸想尽办法逆水而上，爬到一处干燥的地方。它倒在那儿不能动弹，一群马蝇停在它的身上，毫无顾忌地吸它的血。可狐狸太虚弱了，无法赶走那群马蝇。一只刺猬看见了它，问它是否要对付那些令它讨厌的马蝇，但狐狸回答说："噢，不，请千万不要这么做，因为这些马蝇已经填饱了肚子，它们现在只吸一点点血了，但假如你赶走了它们，另外一群饥饿的马蝇就会飞过来，把我剩下的血都吸光，那我的血管里就一滴血都不剩了。"

乌鸦和渡鸦

乌鸦非常嫉妒渡鸦，因为渡鸦作为一只能预测未来的神鸟，受到人们的尊敬和崇拜。乌鸦非常渴望自己也能得到同样的好名声。一天，乌鸦见几个行人正走过来，就飞到路旁的一棵树枝上，竭力大声鸣叫。行人听到乌鸦的叫声感到有点沮丧，因为他们担心这可能是不祥的预兆，直到其中一人发现了乌鸦，对他的同伴们说："没关系，朋友们，我们别再害怕了，那不过是一只乌鸦，没什么大不了的。"

东施效颦。

女 巫

有个女巫公开声称，能用自己的独门秘密魔法平息神的愤怒。她的生意因此很红火，有了高收益的谋生手段。但有人指控她施巫术，把她带到了法官们面前，强烈要求应当处死她，因为她在与魔鬼做交易。女巫被判有罪，并执以死刑。当她离开被告席时，有位法官对她说："你说你能平息神的愤怒，那你怎么不能让仇恨的人息怒呢?"

老人和死神

    有位老人在树林里砍了一捆柴火，准备带回家。他要走很长的一段路，在还没走到一半路程时，他就已经筋疲力尽了。他把柴担扔到地上，唤来死神，请死神把他从苦命的境况中解脱出来。话刚出口，他就气馁了。死神站在他面前，准备为他服务。他吓得要命，但强装镇定，结结巴巴地说："尊敬的先生，如果你好心的话，请帮忙把柴担再放到我的肩上。"

守财奴

一个守财奴变卖了他所有的东西，换成一块金子，秘密地藏在一个地方。每天他都要去那里看一看，有时要花好长时间得意地盯着他的金银财宝。他手下有个仆人，注意到他经常去那个地方，有一天就观察他，发现了他的秘密。一天晚上，仆人逮到机会去了那里，找到金子并偷走了。第二天，守财奴像往常一样去那里，发现他的金银财宝不见了，立刻伤心得捶胸顿足、喃喃抱怨。有位邻居看到他这个样子，就问他为何烦恼。守财奴告诉了他自己的不幸。然而邻居回答说："朋友，别太往心里去。拿块砖放在洞里，每天看一看，你不会觉得和以前有什么差别，因为即使你有金块的时候，那金块对你来说也没用。"

狐狸和河

几只狐狸一起去河边喝水，但水流非常湍急，河水看上去很深，而且充满危险，它们不敢下去喝水，只好站在河边互相鼓励对方不要害怕。后来，其中一只狐狸为了羞辱它的同伴，以显示自己很勇敢，说道："我一点儿不害怕！瞧，我能下到水里去呢！"它一踏进河里，就被急流给打翻了。其他狐狸见它被河水顺流带走了，就大喊道："不要离开我们！快回来，告诉我们什么地方也能安全地喝水。"但它回答："我不害怕，我要去海边，这水流正好能带我去那儿。等我回来再告诉你们吧！"

马和鹿

　　从前，马经常在自己独占的一片草地上吃草。但有一天，一头鹿来到了这片草地上，说自己有权和马一样在那儿吃草，而且还为自己选了一处最好的地方。马想要报复这个讨厌的不速之客，就去找人，请他帮自己赶走这头鹿。"好的，"那人说，"我会尽一切办法帮你的，如果你能让我在你嘴上安一个马缰，并让我骑在你的背上。"马同意了这个要求，他俩一起很快把鹿从草地上赶了出去。但此后，马发现，令它沮丧的是，因为这点利益，自己已经被人给控制了。

狐狸和荆棘

　　狐狸翻越一道篱笆，却踩空了，只好抓住一棵荆棘来不让自己掉下去。显然，狐狸被严重刺伤了，它懊恼地对荆棘喊道："我向你求助，瞧你是怎样对我的！我宁愿当即掉下去。"荆棘打断了狐狸的话，回答说："我自己总是绊住别人，而你却来绊我，朋友，你一定是昏了头。"

狮子、狐狸和雄鹿

狮子病倒在洞里，不能去觅食了。于是，狮子对前来慰问的朋友狐狸说："好朋友，我希望你去那边的树林，把住在那里的大雄鹿骗到我的洞里来，我想用鹿的心和脑当晚餐。"狐狸去了树林，找到雄鹿，对它说："亲爱的先生，你交运了。你知道我们的百兽之王狮子，它快要死了，它提出你作为它的继承者统领百兽。我希望你不要忘记，我是第一个带给你这个好消息的。现在，我必须回到狮子那儿，假如你接受我的建议，你也在狮子临终前过来一下吧。"雄鹿非常高兴，毫不怀疑地跟着狐狸去了狮子的洞穴。它一进洞里，狮子就猛地扑了过来，可是它力不从心，只伤到了雄鹿的耳朵，雄鹿飞快地逃回了树林深处。狐狸非常沮丧，狮子也极为失望，因为它虽然病倒了，但仍饥饿难耐。于是，狮子央求狐狸另行设法，再试着把雄鹿骗到洞里来。"这几乎很难办到，"狐狸说，"但我试试看。"狐狸又去了树林，发现雄鹿在静静地休养，试着从惊恐中恢复过来。不久，雄鹿看到了狐狸，大声喝道："你这混蛋，你像这样诱骗我去送死，打的是什么主意？你滚开，否则我用鹿角捅死你。"但狐狸完全不知羞耻。"你太懦弱胆小了，"狐狸说，"你肯定想不到狮子对你到底有什么用意？因为它只想悄悄对着你的耳朵说一些国家机密，而你像一只受惊的兔子一样逃跑了。你会有点讨厌它，我不确定它是否愿意立狼为王，除非你马上回去，表明你的态度。我答应你，它不会伤害你，而我将是你忠实的仆人。"愚蠢的雄鹿完全被狐狸说服，又回到狮子的洞穴，这次狮子没有失手，一下子击倒了雄鹿，好好地享用了一顿美餐。此时，狐狸也瞅准机会，趁狮子不注意时，偷走了雄鹿的脑髓，算是对自己所作努力的奖励。不一会儿，狮子开始寻找雄鹿的脑髓，当然没有找到。狐狸看着狮子说："我不认为寻找雄鹿的脑髓对你有多大的用处，这种两次踏进狮子洞的家伙不会有什么脑子的。"

鹧鸪和捕鸟者

　　捕鸟者在网里逮到了一只鹧鸪，正要扭断它的脖子时，鹧鸪可怜兮兮地恳求捕鸟者放它一命："不要杀我，给我留一条生路，我会引诱其他鹧鸪到你的网里来，以报答你对我的仁慈。""不行，"捕鸟者说，"我绝不能放过你。我无论如何都要杀了你，由于你骗人的言行，完全命该如此。"

猎人和樵夫

一位猎人在森林里寻找狮子的踪迹，突然看见一位樵夫正在伐木，他就走过去问樵夫，是否在哪儿见过狮子的脚印，或者是否知道狮子的洞穴在哪里。樵夫回答："如果你愿意跟我来，我将带你去见狮子。"猎人害怕得脸色煞白，颤抖着答道："噢，谢谢，我不是要找狮子，只是为了找它的踪迹。"

蛇和鹰

一只鹰向一条蛇猛地俯冲下来，用爪子一把抓住蛇，打算把它掠走并一口吞了。然而，蛇的动作太快了，立刻用身体把鹰给缠住了，接着它俩发生了一场生死搏斗。一位村民偶然看到了这一幕，就过来帮助鹰，让鹰从蛇的缠绕中成功逃脱。蛇为了报复，就往那人的水壶里吐了几口毒液。村民因刚才用了力，觉得很热，便拿起水壶想喝口水解渴，正在这时，鹰撞落了村民手中的水壶，壶中的水全都洒落到了地面上。

善有善报。

马和驴

一匹马为自己拥有精美的马具而洋洋得意，这天它在公路上正好遇见了一头驴。驴载着沉重的货物慢慢地从马身边经过，马不耐烦地对驴大声说，它几乎忍不住要撞到驴，让驴快快离开。驴默不作声，但无法不在意马的傲慢。没过多久，马患了气喘，被主人卖给了一个农夫。一天，当马正在拉一辆粪车时，又遇到了驴，这次轮到驴嘲笑它了："啊哈！你从没想过来这里吧，瞧你，你是如此骄傲！如今你那漂亮的马具都到哪儿去了？"

鹰、鸢和鸽子

鸽笼里的鸽子们受到一只鸢的侵袭，鸢每次突然俯冲下来都会掠走其中一只鸽子。于是，鸽子们请鹰到鸽笼里来保护它们，帮它们对抗敌人。但它们很快对自己的愚蠢行为感到懊悔了，因为鹰一天掠杀它们的数量比鸢一年掠杀的还要多。

普罗米修斯和造人

奉朱庇特之命，普罗米修斯开始创造人和其他动物。朱庇特发现，只有人类是理性的，而不理性的野兽的数量远比人类要多，就命令普罗米修斯把一些野兽改造成人，从而来达到平衡。普罗米修斯遵命行事，这就是有些人人面兽心的原因。

燕子和乌鸦

有一次，燕子对乌鸦吹嘘自己的出身。"我曾经是一位公主，"燕子说，"我是雅典国王的女儿，但我的丈夫对我非常残忍，因为一些细小的缺点割了我的舌头。于是，为了保护我免受更多的伤害，朱诺就把我变成了一只鸟。""事实上，你太啰嗦了，"乌鸦说，"我无法想象，假如你没有失去舌头，你将会是什么样子。"

猎人和骑手

　　猎人出去打猎，成功逮到了一只野兔。他带着野兔回家时，遇到了一位骑手，那人对他说："先生，看来你满载而归啊。"并表示想要买这只野兔。猎人高兴地答应了，而那个骑手一把野兔拿到手就扬鞭策马飞奔而去。猎人在他身后追了一小段路，但很快就意识到自己被骗了。猎人放弃了对骑手的追赶，为了挽回面子，他对着骑手的背影大声喊道："好吧，先生，把野兔拿去吧，就当是我送给你的礼物。"

牧羊人和野山羊

　　牧羊人在牧场上放羊时，发现许多野山羊混杂在他的羊群中。天晚了，他赶着羊群回家，把所有的羊都一起关入羊栏。第二天，天气不好，牧羊人没有像往常一样带着羊群出去放牧，于是在家里看护羊群，给它们喂食。他只给自己的山羊仅够果腹的食物，而给那些野山羊吃得饱饱的，因为他很想把野山羊留下来，牧羊人以为只要把那些野山羊喂饱喂好，它们就不想离开了。当天气转好，牧羊人又带着所有的羊出去放牧，但一靠近山坡，野山羊就从羊群中突然窜出，飞快地跑掉了。牧羊人对此非常懊恼，痛骂它们忘恩负义。"坏家伙！"他大声地说，"我那样对你们，你们还是逃跑了！"听了这话，其中一只野山羊回过头

来说："噢，是的，你对我们很好——确实非常好，这正是我们要警惕的原因。假如你对新来的羊也像对我们一样厚待，比对你自己的羊还要好，若其他的山羊加入到你的羊群中，那你就会偏向于后来者，而我们就会被忽视了。"

夜莺和燕子

燕子与夜莺聊天，劝它离开安置在枝繁叶茂的大树下的家，搬来和人一起住，像燕子一样，在屋檐下筑巢。但夜莺回答："过去我也像你一样，和人生活在一起，但却留下了痛苦的记忆，他们对我来说太可恨了，我再也不愿意靠近他们住的地方。"

触景伤情。

旅行者和命运女神

旅行者经历了长途跋涉后疲惫不堪，在一处极其危险的深井边沿沉沉地睡了过去。他险些要掉到井里去了，这时，命运女神出现在他面前，拍拍他的肩膀，小心翼翼地把他唤醒。"求你快醒醒，先生，"她说，"你若掉到井里去的话，不会归咎于自己的笨拙，而会责怪我这个命运女神的。"

译者后记

　　《龟兔赛跑》、《乌鸦喝水》、《农夫和蛇》……这些伴随着我们成长的寓言故事，犹如一盏盏智慧之灯照亮了我们的童年。《伊索寓言》中收录了很多这样脍炙人口的故事，以短小精悍的篇幅、惟妙惟肖的形象、生动恰当的比喻，阐述了一个个既浅显易懂，又发人深思的人生哲理。千百年来，《伊索寓言》历久弥新，一直以来令人们喜闻乐见、爱不释手。

　　寓言作为文学作品的一种体裁，反映了人们的生活智慧，是人们在生产劳作和日常生活中的感悟，常常通过假托的故事或拟人的手法来说明某个道理，带有教育、劝导的作用。《伊索寓言》是世界上最早的一部寓言故事集，该书原名为《埃索波斯故事集成》，汇集了古希腊民间流传的讽喻故事，经后人加工整理，成为现在流传的《伊索寓言》。从作品来看，各篇独立性强，所反映的思想倾向各不相同，可见是古希腊人在相当长的历史时期内的集体创作。《伊索寓言》是古希腊文学的重要组成部分，是古希腊人对世界的认识和感悟，通过寓言这种形式映照出人间情状，代表了古希腊的精神象征。

　　《伊索寓言》让人们在轻松的阅读中，纵观世间百态。许多生动的小故事揭示了早期人类的生活状态，是社会大众的斗争经验与生活教训的总结。作品所描述的动物之间、植物之间、人与自然以及人与神之间等的种种关系表现了当时的社会关系，作者谴责当时恃强凌弱、弱肉强食的社会现状，鼓励受压迫的人们团结起来与恶势力进行斗争。《伊索寓言》主要反映的是古希腊社会的平民生活，作品中出现较多的是农夫、商人和普通百姓的形象，由于《伊索寓言》来自民间，社会大众的生活和思想感情得到了较为突出的反映。如对劳动创造财富的肯定，对社会现实不公的抨击，对权贵自私贪婪的揭露，对坏人残酷无情的鞭挞。同时，这些小故事还映射出人类的善良、仁慈、虚伪、愚昧等种种秉性和品行，多维地揭露了人类真实复杂的性格特点。许多小故事往往简洁客观地叙述一件事，最后以一句话画龙点睛地揭示蕴含的道理。例如，《狐狸和葡萄》反映了人们日常生活中较为常见的一种"吃不到葡萄说葡萄

伊索寓言

图片版权声明

本书所用图片来自多种资料,其中部分图片的作者虽经多方寻找仍无法与之取得联系。如作者或知情者看到本声明,请与我们联系(邮箱地址:zjupress@sina.cn),我们将按照国家规定标准支付作者稿酬,以维护并保障作者权益。

浙江大学出版社

酸"的心理现象;《农夫和蛇》的故事告诫人们不要盲目地对敌人给予同情;《披着羊皮的狼》阐述了聪明反被聪明误的道理;《牧童和狼》警示人们谎话一旦说多,即使说真话也没人相信了。还有许多寓言故事中蕴含着处世哲学,教人怎样分辨是非,怎样运用聪明才智去战胜困难。《伊索寓言》所传递的思想意义已经超越时空,至今仍然让人受益匪浅。

谐趣隽永的艺术表现形式也是《伊索寓言》多年来深受人们喜爱的一个重要原因。这部寓言故事选取了独特的叙事模式和拟人手法,大部分是拟人化的动物寓言,少部分以植物、人或神为主人公。作品以动物形象来替代各种各样的人,赋予动物以人的行为方式,借此形象化地道出某种思想道德意识或社会生活经验,叙事简约、寓意深远。《伊索寓言》中的有些动物具有固定的特征指向,例如狮子代表权贵,有关狮子的寓言笔锋辛辣机智,旨在嘲讽时政。而还有一些动物则无固定的特征指向,例如狐狸、狼等,有时受肯定,有时受批判,通过动物拟人化来表达作者的思想倾向。这些动物寓言虽是虚构,却又自然逼真,与后世寓言形成的基本定型的性格特征有所不同。此外,《伊索寓言》多含有神话因素,往往将万物起源归诸神话,如《北风和太阳》、《普罗米修斯和造人》等,笔意妙趣横生。在《伊索寓言》里,常常充满冷峻俏皮的幽默、精辟深邃的评论,不仅可以作为少年儿童的启蒙读物,更是一本经典的生活教材。

　　这部《伊索寓言》选取了 V. S. Vernon Jones 改写的英文版本进行翻译，精选了其中的大部分篇目，希望通过简洁精练的语言、平易近人的风格，让更多的读者能从《伊索寓言》中得到自己想要的人生经验。

杨海英

图书在版编目(CIP)数据

伊索寓言/[英]琼斯编;杨海英译.—
出版社，2014.1
（想经典:想象力完全解决方案）
ISBN 978-7-308-12393-8

Ⅰ.①伊… Ⅱ.①琼… ②杨… Ⅲ.①
缩写 Ⅳ.①I545.74

中国版本图书馆 CIP 数据核字（201

伊索寓言

[英]琼　斯 编　杨海英 译

责任编辑	杨利军(ylj_zjup@qq.co
装帧设计	臻玛工坊
出版发行	浙江大学出版社
	（杭州市天目山路 148 号
	（网址：http://www.zj
排　版	杭州林智广告有限公司
印　刷	杭州杭新印务有限公司
开　本	880mm×1230mm　1/3
印　张	9.5
插　页	5
字　数	175 千
版 印 次	2014 年 1 月第 1 版　2
书　号	ISBN 978-7-308-12393
定　价	24.80 元

版权所有　翻印必究　印装差错
浙江大学出版社发行部联系方式：(0571) 8

方寻
与我
定标

任务本说明

一 什么是任务本？

任务本是由书中人物发起的，需要你利用各种知识和技能来完成。每本任务本的名目各自不同，但都包含十二个任务，你只需按照你的能力与爱好完成其中的几种，而不必一定全部完成。任务本的设定除了有助于开发你的各项智能之外，更重要的是，它将引导你进入"古火界"，并在其中获得更多的经验值以及勋章。

二 什么是"古火界"？

在人类还未出现的远古时代，"古火界"就已经存在。据说在"古火界"里，蕴藏着突破人类能力极限的惊天秘密。自古埃及时代以来，图坦卡蒙、奥德修斯、哥伦布、郑和……人们一直在探寻这片神秘的土地，但始终没有成功。今天，"罗杰·培根使团"终于找到了"古火界"的入口。然而，"古火界"里云遮雾罩，仅仅凭借使团之力，根本无法参透其中的奥义。因此，使团最新一任首领将"古火界"的入口映射到互联网上，建立了一个和真实的"古火界"同步的平台，希望能结集最有才能的人士一起来揭开这个旷世秘密。

三 什么是"罗杰·培根使团"？

在古往今来寻找"古火界"的人群之中，诞生于中世纪英国的罗杰·培根是其佼佼者。他素有"奇异博士"之称，他凭借一己之力探测"古火界"的位置，几近成功。然而，就在他即将找到入口时，却神秘死亡了（但据他的一名学生声称，罗杰·培根并没有死，而是通过入口进入了"古火界"）。他的十二位学生继承了他的遗志，以"罗杰·培根使团"为名，一直从事着这项事业，一代又一代，薪火相传，从未中断。这个世代的使团由一些作家、设计师、学者、教师、评论家等高智商人士组成。他们将负责审核每一位来到"古火界"的参赛者的作品，并给予相应的评价。使团的评价将被视为公平权威的判定。

四 什么是经验值？我能拿经验值做什么？

凡是将完成的任务上传到"古火界"平台的选手，"罗杰·培根使团"都将根据其作品的质量提供相应的经验值。"古火界"将实时对挑战者的经验值进行排名，以挑选最优秀的选手进入下一个环节的竞赛。每一季结束后，排名靠前的选手还将获得丰厚奖品。不久之后，经验值还能在"古火界"兑换各种道具，这些道具将在你的解谜之旅中提供帮助。

五 什么是勋章？它有什么用？

凡是将完成的任务上传到"古火界"平台的选手，都有机会获得使团颁发的各种勋章。通过积累勋章，你将发掘出自己最强大的能力，并据此来确定自己在"古火界"的身份。这些勋章都具有其相应的功能。其普通功能是可以由持有者随时发动的，而其特殊功能则将由"罗杰·培根使团"不定期在"古火界"平台上发布，因此具有时效性。请各位冒险者时时关注发布的信息。

六 "古火界"现在有哪些机构？

为了选拔更有希望破解"古火界"之谜的精英团队，"罗杰·培根使团"先期设定了十个机构：太史府、圆桌骑士团、五禽园、竹林居、纵横院、裂山军、画师班、观星亭、宗王殿、御史台。其分别对应着首期颁发的十种勋章。每个机构在"古火界"都有着不同的功能和设定，都会在破解谜团的过程中发挥作用。取得勋章者，最终将根据自己的能力和爱好，做出进入哪个机构的选择，这将决定着你在"古火界"的成长路径。

七 我应该怎么做？

首先，请进入"古火界"平台（www.guhuojie.com）。注册你的信息后登录平台。在二十个入口处进行选择，然后上传你完成的任务。使团将在第一时间完成作品的评价，并为你颁发勋章和经验值。你可以与你的亲友互加好友，观摩对方的作品并进行评价。"古火界"将会实时播报所有选手的经验值排名。在积累了一定的经验值和勋章后，你可以利用它们发起好友之间的挑战，取得更多的经验值和勋章。在每一季结束时，"罗杰·培根使团"将根据经验值排名提供给优秀者相应的奖励。

其他强大功能将不断推出。

令人尊敬的东方学者：

　　您好！即便身在遥远的西方，我也已经听闻您是东方具有大智慧的贤人。为了促进东西方的学术交流，我诚恳地邀请您到伊索学院进行为期一年的学术访问。在访问期间，您的一切费用将由伊索学院承担，我们还将组织学院最优秀的学者与您进行学术讨论。

　　不过，请您先就以下的十二个问题稍作准备，以便我们更顺利地为您安排访学活动。期待您的早日到来！

　　　　　　　　　　　　　　　　　　　钦慕您的，伊索

We may often be of more consequence in our own eyes than in the eyes of our neighbors.

《父亲和儿子》的故事告诉了大家团结的力量。我听说，东方的智者甚至专门为团结写了歌曲，以让大家时刻不忘这个道理。你能不能在欢迎仪式上，为我们表演其中的一首？

奖励：将演唱的歌曲上传至古火界，你将获得5—100个经验值，并有机会获得一枚"表演家勋章"。

我们往往把自己看得很重要，别人却不以为然。

表演家勋章

- 持有资格：拥有出色的表演天赋或朗诵能力，具有强烈的感染力。
- 身份解说：表演家勋章的持有者将有机会进入五禽园，表演能力的提高可以使选手逐步掌握提升士气的能力和以间谍行为偷取机密的能力，到了最高阶的绝世巨星阶段，他可以让其表演的场景变为现实。因此，争取到绝世巨星的帮助，这对参赛选手是非常有利的。
- 升级路径：表演家➡明星➡超级明星➡绝世巨星

Give assistance, not advice, in a crisis.

　　在人生智慧上，东方和西方总会有一些相通之处。《伊索寓言》里的道理，在东方可能会有异曲同工的另一种表达，比如中国著名的成语。请您举出一些这样的例子，并说出其由来，让我们感受一下东方的智慧吧。

　　奖励：将所举的例子上传至古火界，你不仅将获得5—50个经验值，对哲理的正确理解还将为你赢得一枚"智者勋章"。

危急关头，重要的是给予帮助，而不是发表意见。

智者勋章

- 持有资格：具有相当的哲理性思维，能够准确判断事物的价值。
- 身份解说：拥有智者勋章的选手将有可能进入竹林居，而达到苏格拉底状态的智者可以说服任何人（除拥有王者之剑和帝玺者之外）做任何事。整个古火界只有一个人能达到无界状态，他将得到将思想化为现实的能力。但是智者有时候也会走火入魔，成为放浪形骸的散人，他们会迷惑人心，诱使其他人走火入魔。
- 升级路径：智者状态➟第欧根尼状态➟苏格拉底状态➟无界状态
- 走火入魔：散人状态

What is worth most is often valued least.

　　龟兔赛跑中，野兔因为骄傲和大意输给了乌龟。野兔很不服气，又向乌龟发起了挑战，这次比赛结果会如何呢？请你写一写龟兔第二次赛跑的故事。

　　奖励：将故事上传至古火界，你将获得5—50个经验值。有趣且有寓意的故事将会额外为你赢得一枚"文书勋章"。

MISSION
3

最有价值的东西往往最不受重视。

文书勋章

- 持有资格：具有较强的文字理解力和组织能力，能够通过想象力的发挥写出精彩文章。
- 身份解说：文书勋章的持有者是古火界最大的群体，他们将有机会进入太史府。史官以上层级的选手可以主动策划任务和挑战。而最终古火界的秘密的揭开，必须有太史的参与，因为只有他能将这段历史载入史册。
- 升级路径：文书➡一级文书➡史官➡太史

A hypocrite deceives no one but himself.

在《猫头鹰和鸟》中，猫头鹰最后为什么不再给鸟儿劝告？这个问题困扰了我们许久，希望东方的智者可以为我们解开疑问。

MISSION 4

奖励：将你的看法上传至古火界，你将获得5—50个经验值。如果你的看法能够解开我们的疑惑，还会另外得到一枚"智者勋章"。

伪善者只能自欺欺人。

智者勋章

- 持有资格：具有相当的哲理性思维，能够准确判断事物的价值。
- 身份解说：拥有智者勋章的选手将有可能进入竹林居，而达到苏格拉底状态的智者可以说服任何人（除拥有王者之剑和帝玺者之外）做任何事。整个古火界只有一个人能达到无界状态，他将得到将思想化为现实的能力。但是智者有时候也会走火入魔，成为放浪形骸的散人，他们会迷惑人心，诱使其他人走火入魔。
- 升级路径：智者状态⋙第欧根尼状态⋙苏格拉底状态⋙无界状态
- 走火入魔：散人状态

The quarrels of friends are the opportunities of foes.

有什么办法可以提醒自己，不要只看到放在前面的装着别人过错的袋子呢？

MISSION
5

奖励：将你的解决办法上传至古火界，你将获得5—50个经验值。如果你的办法确实有效，你还将获得一枚"澄心勋章"。

朋友间的不和，就是敌人进攻的机会。

澄心勋章

- 持有资格：具有良好的道德感和价值观，能够指出书中的不良观念。
- 身份解说：获得"澄心勋章"的人即为澄心大使，将有可能进入御史台，其成员负责审查参赛选手的道德品格，但初阶成员只能对其他选手提出建议、质疑，只有在坚信主教以上层阶的成员有权力将审查不合格的选手或走火入魔的人直接开除出古火界。而最高阶的圣光裁决者可以使任意选手获得任何类别的勋章或地位（除御史台本身和宗王殿之外）。
- 升级路径：澄心大使➠黑面判官➠坚信主教➠圣光裁决者

BYou live in the lap of luxury, I can see, but you are surrounded by dangers; whereas at home I can enjoy my simple dinner of roots and corn in peace.

✂

在《猿猴和两个旅行者》的故事中，总是说实话的人被处死了，对此你怎么看？如果你碰到猿猴，在说实话和说谎话之间，你会怎么做？如果愿意，你也可以根据你的想法改写故事。

MISSION 6

奖励：将你的答案上传至古火界，你将获得5—50个经验值，优秀的答案还将有机会获得一枚"澄心勋章"。

B 你生活在优越的环境中，这我看到了。但你也处在危险中，而我在自己家里能安安心心地享用只有树根和谷粒的粗茶淡饭。

澄心勋章

- **持有资格：** 具有良好的道德感和价值观，能够指出书中的不良观念。
- **身份解说：** 获得"澄心勋章"的人即为澄心大使，将有可能进入御史台，其成员负责审查参赛选手的道德品格，但初阶成员只能对其他选手提出建议、质疑，只有在坚信主教以上层阶的成员有权力将审查不合格的选手或走火入魔的人直接开除出古火界。而最高阶的圣光裁决者可以使任意选手获得任何类别的勋章或地位（除御史台本身和宗王殿之外）。
- **升级路径：** 澄心大使➡黑面判官➡坚信主教➡圣光裁决者

Give me a single grain of corn before all the jewels in the world.

MISSION 7

《伊索寓言》中有许多关于狐狸的故事，我们也很想知道东方有什么关于狐狸的有趣故事发生。

奖励：将故事上传至古火界，你将获得5—50个经验值，并有可能得到一枚"文书勋章"。

与其给我世上所有的宝石，还不如给我一粒谷子。

文书勋章

- 持有资格：具有较强的文字理解力和组织能力，能够通过想象力的发挥写出精彩文章。
- 身份解说：文书勋章的持有者是古火界最大的群体，他们将有机会进入太史府。史官以上层级的选手可以主动策划任务和挑战。而最终古火界的秘密的揭开，必须有太史的参与，因为只有他能将这段历史载入史册。
- 升级路径：文书❖一级文书❖史官❖太史

If you choose bad companions no one will believe that you are anything but bad yourself.

MISSION 8

《磨坊主、他的儿子和他们的驴》里的磨坊主，努力讨每个人的欢心，却一个人的欢心也讨不到，还失去了他的驴。你有遇到过类似的情形吗？你觉得磨坊主应该怎样做呢？

奖励：将你的答案上传至古火界，你将获得5—50个经验值，并将有机会获得一枚"澄心勋章"。

假如你选择和坏人作伴，没有人会相信你是好人。

澄心勋章

- 持有资格：具有良好的道德感和价值观，能够指出书中的不良观念。
- 身份解说：获得"澄心勋章"的人即为澄心大使，将有可能进入御史台，其成员负责审查参赛选手的道德品格，但初阶成员只能对其他选手提出建议、质疑，只有在坚信主教以上层阶的成员有权力将审查不合格的选手或走火入魔的人直接开除出古火界。而最高阶的圣光裁决者可以使任意选手获得任何类别的勋章或地位（除御史台本身和宗王殿之外）。
- 升级路径：澄心大使❖黑面判官❖坚信主教❖圣光裁决者

It's no use your regretting the past. Fortune has many ups and downs: you must just take them as they come.

✂ -

MISSION 9

　　　　　每个人都有遇到困难的时候，就像《大力士和马车夫》里的马车夫。但是每个人遇到困难后的态度是不同的。你遇到过的最大的困难是什么，又是怎样解决的？

奖励：将你的答案上传至古火界，你将获得5—50个经验值，并有机会获得一枚"文书勋章"。

不要对过去念念不忘。命运有起有落，当它来临时，你必须接受。

文书勋章

- 持有资格：具有较强的文字理解力和组织能力，能够通过想象力的发挥写出精彩文章。
- 身份解说：文书勋章的持有者是古火界最大的群体，他们将有机会进入太史府。史官以上层级的选手可以主动策划任务和挑战。而最终古火界的秘密的揭开，必须有太史的参与，因为只有他能将这段历史载入史册。
- 升级路径：文书⋯⋯一级文书⋯⋯史官⋯⋯太史

If you attempt what is beyond your power, your trouble will be wasted and you court not only misfortune but ridicule.

MISSION
10

《伊索寓言》用了不止一个故事来强调身教胜于言教，请将故事分享给你的亲友，并找出你身边的一个真实的例子。

奖励：将你的答案上传至古火界，你将获得5—50个经验值，并有机会获得一枚"文书勋章"。

不自量力只会使努力白费，不仅会遭遇不幸，而且还会招来嘲笑。

文书勋章

- 持有资格：具有较强的文字理解力和组织能力，能够通过想象力的发挥写出精彩文章。
- 身份解说：文书勋章的持有者是古火界最大的群体，他们将有机会进入太史府。史官以上层级的选手可以主动策划任务和挑战。而最终古火界的秘密的揭开，必须有太史的参与，因为只有他能将这段历史载入史册。
- 升级路径：文书➡一级文书➡史官➡太史

Ingratitude sometimes brings its own punishment.

看了《骗子》的故事，你想到了什么呢？你有没有做过"骗子"？你认为，不守诺言与说谎一样吗？

MISSION 11

奖励：将你的看法上传至古火界，你将获得5—50个经验值。你还有可能因为你出色的见解，获得一枚"智者勋章"。

忘恩负义者自会受到惩罚。

智者勋章

- 持有资格：具有相当的哲理性思维，能够准确判断事物的价值。
- 身份解说：拥有智者勋章的选手将有可能进入竹林居，而达到苏格拉底状态的智者可以说服任何人（除拥有王者之剑和帝玺者之外）做任何事。整个古火界只有一个人能达到无界状态，他将得到将思想化为现实的能力。但是智者有时候也会走火入魔，成为放浪形骸的散人，他们会迷惑人心，诱使其他人走火入魔。
- 升级路径：智者状态➡第欧根尼状态➡苏格拉底状态➡无界状态
- 走火入魔：散人状态

All men are more concerned to recover what they lose than to acquire what they lack.

《伊索寓言》有这么多小故事，你最喜欢哪一个呢？你可以将它画出来寄给我们，我们将会把它用在伊索学院的纪念品，如笔记本、杯子等上，并在您访学结束时赠送一份以作纪念。

MISSION 12

奖励：将你的画上传至古火界，你将获得5—100个经验值。至于"画师勋章"，相信以你的水平，一定手到擒来。

人们更关注找回失去的东西，而忽略了去寻找缺失的东西。

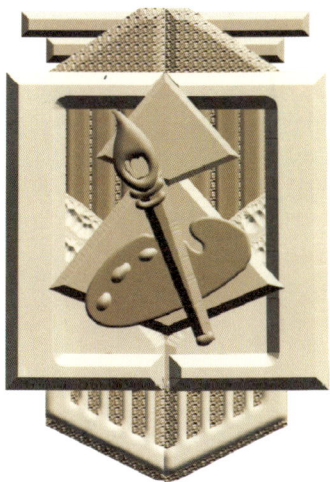

画 师 勋 章

- 持有资格：具有勇毅精神，不畏艰难，能够独立面对困境。
- 身份解说：勇士勋章持有者有可能成为圆桌骑士团成员。骑士团的团长将会获得决定任意一名选手生死的能力。这对所有参赛选手都是机遇和挑战。但是，走火入魔的骑士团成员将有可能成为恶灵骑士，将无节制随机消灭比他层级低的选手。
- 升级路径：画师→画匠→画圣→画神
- 走火入魔：酒神